KEITAI
SHOUSETSU
BUNKO

SINCE 2009

迷惑なイケメンに好かれました。

藤井みこと

野いちご
Starts Publishing Corporation

「抱きしめていい？」
「はぁ？　ダメに決まってるでしょ」

　高校入学以来つきまとってくる
　この男、どうにかしてください。

************* * *************
柳瀬　芽依　―Yanase Mei―
×
持田　海　―Mochida Kai―
************* * *************

「好きになってよ。……芽依ちゃん」
「……無理」

　おせっかいなのも、しつこいのも全部全部、傷ついた君の、優しさと真っ直ぐな恋心があるからだったんだ。

contents

第1章　彼氏ではなく、ストーカーです
プロローグ　　　　　　　　　　　　8
彼氏なんかじゃないっ!!　　　　　　9
告白されました　　　　　　　　　18
ストーカーが増えました　　　　　33

第2章　嫌がらせ!?
見えない敵?　　　　　　　　　　48
本当のことなんて、言うわけない　55
負けない!!　　　　　　　　　　　64
ふたりの優しさ　　　　　　　　　69

第3章　冷たいあいつ
あいつの心が見えません　　　　　76
相変わらず、冷たいあいつ　　　　90
私のせいなの?　　　　　　　　　97
覚悟と決意【市原Side】　　　　108
元通り…ですか?　　　　　　　126

第4章　夏休み
運命なんてあるわけない!!　　　134
会いたくなんてなかった　　　　147

もう、わからない　　　　　158
ひとりじゃないよ【千春 Side】168

第5章　持田の過去

名前のないメール　　　　　174
守りたかった【持田 Side】　183
逃げちゃだめ　　　　　　　214
背中を押してくれた人　　　219

第6章　過去を乗り越えて

過去にサヨナラ　　　　　　228
大好きなのに、傷つけた【空 Side】238
儚い雪と思い出　　　　　　243
幸せになって【空 Side】　　252
歩きだす強さ　　　　　　　256
伝えたいこと　　　　　　　261

番外編

幸せな時間　　　　　　　　270

あとがき　　　　　　　　　284

第 1 章
彼氏ではなく、
ストーカーです

プロローグ

『はは、何言ってんの？』

　そう言って、笑いながら隣にいる女の子の肩を抱いた彼は、もう知らない人。
　クリスマスも近付き、雪が降ったこの日。
　人々は楽しそうにその雪をながめているのに、私にはただ冷たくてむなしいだけだった。
　いっそこの雪みたいに消えてしまいたかった。

　この日から信じられなくなったんだ。
　ささやかれる愛が。
　抱きしめる腕の温もりが。
　男、そのものが。

『——愛がなくたってキスくらいできるって、知ってた？』

　男なんて、所詮こんなもの。
　だったら好きにならなきゃいい。
　必要以上に関わらず、日々を過ごしていけばいい。
　だから、私は自分を守るために暗示をかけたのかもしれない。

彼氏なんかじゃないっ!!

　私、柳瀬芽依。
　北桜高校に通う高校２年生。
　青春真っ只中!!　……と言いたいところだけど、部活はやっていないし、彼氏も好きな人もいない。
　それに、男なんて大嫌い。
　今もはっきりと思い出せる元彼の後ろ姿。
　冷たい雪の中、彼が私に告げた言葉は今でも私の心をえぐるんだ。
　もう、裏切られるのなんてこりごりだし!!
　なのに、それなのに……。
　高校に入学してから、ずーっと私につきまとっている奴がいる。
　いわゆる、ストーカーというやつだ。
　といっても堂々としているから、みんなが想像するストーカーよりはいいのかもしれない。
　だけど堂々としてる分、たちが悪い。
　奴の名前は、持田海。
　その存在を大胆にアピールしながら、私の人生に立ちはだかり、邪魔をする。
　そんな厄介な奴のことを、名前ではなく、心の中で"壁"と呼んでいるのは私だけの秘密。
　さっそく今日も、廊下で私のことを待つ壁の姿を見つけた。

朝から面倒だなぁ……と思いながら、私は壁の前で立ち止まった。
　そして、私の前に立ちはだかる壁を見上げる。
　避けますか？
　いいえ。
「みぞおちを殴ります」
「芽依ちゃん、ストップ！　待って！」
　表情ひとつ変えず、冷静に言った私に壁がわめく。
　……うるさいなぁ。
「壁は壁らしく、黙ってて」
　……しまった。私だけの秘密のあだ名だったのに、思いっきり壁って呼んじゃった。
　少し残念だけど、言ってしまったから仕方がないよね。
　壁の様子を見てみると、壁は本当の壁みたいに静かになり、何か考えているようだ。
　よし、このすきに教室に入っちゃおう。
「えええええ!?」
　突然、壁が大声をあげてビクンと肩をはねさせた。
　び、びっくりした……。
　ほんと壁のくせにありえない。驚かせないでよね!!
　文句を言ってやろうと、キッとにらむと、
「芽依ちゃんにとって俺って壁なの!?　人間じゃないのっ!?」
　なんて言ってきた。
　え……？　何言ってるの？
「あ、でも特別な存在ってことなのかな!?　あぁ～、芽依

第1章 彼氏ではなく、ストーカーです

ちゃんなりの愛情表現かぁっ！」
　ダメだ……。この壁、おかしいよ。
　絶対に変だよ。
　どうしたらそんなにポジティブになれるんだろう。
　なりたいとは思わないけど、うらやましい……。
「ほんとウザい。邪魔なのわかってよ壁……いや、ストーカー」
「おっしゃー！　人間になったぁぁ！」
　え、私の話聞いてたのかな。ぜんぜん会話にならない。
　なんでそんなにピョンピョンはねてるの。
　何がそんなに楽しくて嬉しいのか、私にはわからないよ。
　てかね、壁みたいな大きいのがはねると、廊下が揺れるの。きしんでギィギィッて変な音するし、うるさいの。
　そんな音を聞いて、何事かと他の生徒たちが教室から出てくる。でも、
「何見てんだよ、てめぇら」
　騒音の正体が壁ということに気付いたら、みんなそそくさ逃げてしまった。
　……何よ、今の低い声。鋭い目付き。
　一瞬だけ放った、人を寄せ付けないオーラ。
　ほんとに、今の壁……？
「ねえ、芽依ちゃん」
　あ、普段の壁に戻った。
　でも、本当なら私の方が変なんだよね。
　黒目がちな大きな瞳。通った鼻筋にポテッとした唇。

そんなきれいな顔立ちの上、185センチはあると思われる高身長。
　顔が小さくて、手足が長くて、ムカつくくらいにスタイル抜群。
　長めの赤い髪も、色白の壁の顔に映える。
　そんなイケメンに言い寄られても、嬉しくもなんともないなんて、変だって自分でもわかってるよ。
　ただ、短気で頑固。
　そんな壁は、すぐにケンカする。
　そしてバカみたいに強いから、誰も壁には逆らえない。
　だから、毎日こうやって絡まれる私を、まわりの人はたったひとりを除いて、助けてくれない。
　ほんと薄情な人達だよ。
「芽依ちゃん、今日の放課後って暇〜？」
　突然ニコニコと微笑みながら、そう聞いてきた壁。
　ほんと、幸せそう。
「たとえ暇でも、壁には関係ないでしょ？」
「……壁に戻った」
　私にとっては、戻ったとかじゃなくて、最初から壁なんだけど。
　残念ながら、それ以上でもそれ以下でもないんだけど……。
「持田海」
「え？」
「俺の名前」
「……あのね。さすがに、それは知ってる」

「知って……る?」
　嘘でしょと言うような持田の反応に思わず言葉を失う。
　え、だって、高校に入ってから1年も2年も同じクラスなんだよ?
　私からしたらぜんぜん嬉しくないことだけど、それで覚えてないわけがない。
　それに毎日堂々とつきまとわれて、ストーカーされ続けたら、嫌でも名前を覚えちゃうと思うんだけど。
「知ってるの!?　芽依ちゃぁぁぁん!」
「え、ちょっと!!」
「……づっ」
　思わず手が出ちゃった。しかもグーで。
　私は悪くない。
　壁が私に抱きつこうとしたのが悪い。
　これは立派な正当防衛だよね。
「でも、芽依ちゃんからの愛のパンチ……」
「どこに愛を感じたっていうの!?　一体、今のパンチのどこに!!」
　初めからそんなこと思ってないけど、私には一生かかっても壁のことを理解できないと思う。
　というか知りたいとも思わない。
　できることなら、壁みたいな危険人物とは関わらずに、平和な学校生活を送りたいよ。
　私だって他の生徒みたいに「持田くんって、怖いよね」なんて言ってたかった。

もしかしたら、こんな危険な人物に好かれた方が安全に過ごせるんじゃないかって思う人もいるかもしれない。
　けれど、絶対にそんなことはない。
　朝、登校したら廊下で待ちぶせしている壁に捕まって、なかなか教室に入れない。
　歩いている時は常に隣にいる。
　昼食は、親友の千春と一緒食べているところに毎日乱入されて、結局３人で食べることになる。
　私に話しかけてくる男子は、壁ににらまれ、ボディータッチを１回でもしようものなら、３回は殴られる。
　帰りは家まで送ろうと必死についてくる。
　だけど帰りだけは、持ち前の足の速さで、なんとか逃げきることに成功し続けている。
　あれ？　なんだか彼氏みたい？
　いや、彼氏だとしても重すぎて引くレベルだよ。
　好かれた方が安全だなんて、絶対にそんなことない‼
「ねえ、芽依ちゃ――」
「ほんとに黙って‼」
　そして壁のせいで私自身の言葉遣いも悪くなってきたし、いいことゼロ。
「そっか！　黙ってないとチューできないもんね！」
「……もう、いい加減にして」
　ほんとにどんな思考回路してるの、この人。
　どんなふうに考えたら、そんな結論にたどり着くんだろう。
　人差し指で自分の唇を触りながら、「チューして♥」と

微笑む壁を本気で殴りたい。
　その仕草を無駄に整った顔立ちの壁がすると、かっこよく見えてしまうから、余計にイライラして殴りたくなるんだと思う。
「好きでもない人と、しかも壁とだなんてありえないから。第一、私は──」
「男なんて、嫌いだから……でしょ？　ほんと、もったいないよね」
　そう言うと、壁は私の肩まである黒い髪に触れようと、手を伸ばした。
「触らないで、気持ち悪い」
　私は、そう言いながら壁の手をはらう。
　壁なんかに、気安く触られたくなかったから。
「えー！　サラサラできれいなんだから触りたい触りたいー！」
　……そう言えば、あいつもそんなことを言ってたっけ。
　するとぼんやり浮かんだ顔。だけど慌ててそれを消す。
　もう二度と顔も見たくない、思い出したくもない、史上最低男。
「んもぉ、芽依ちゃんのケチー！」
「別にケチでかまわないけど」
「こんなかわいいのに男嫌いなんて、もったいなさすぎっ！」
「別に私が男嫌いでも、壁には関係ないでしょ？」
　間髪をいれずにそう言うと、壁は不服そうにほっぺたをふくらませた。

まるで女子のようなかわいいリアクションに呆れる。
　ううん、女子である私でさえもしたことがないかもしれない。
「俺は、芽依ちゃんのことが──」
「私の芽依を困らせないでっ！」
　でーん！　という効果音が聞こえるような登場の仕方をしたのは近野千春。同じクラスで中学時代からの私の一番の親友だ。
　私を壁から助けようとしてくれる唯一の存在。
「はぁ？　なんで芽依ちゃんが近野のものなわけ？　俺のだし」
「芽依をあんたみたいな不良に渡すわけないでしょ!?　ふざけないで！」
　ふわふわとした髪にぱっちりとした瞳。全身からあふれる癒しオーラ。
　そんな大好きな親友は、壁とは犬猿の仲だ。
　今も両手を腰に当て、私と壁の間に立ちはだかっている。と言っても、185センチの壁と164センチの私の間に立つ147センチの千春に迫力はない。
　むしろかわいすぎて抱きしめたいくらいだ。
　千春も、壁とは会う度にケンカをする。
　ただ私とちがうところは、壁も千春にはケンカ腰だということ。
「芽依ちゃんは俺のだし」
「そんな赤い髪でチャラチャラして。そんなんで芽依の横に

並べると思わないで！ とにかく芽依は私のものなの！」
「えっと……おふたりさん？」
　……とても言いにくいんだけど、私は別にどちらのものでもないと思う。
　それと、壁のせいで愛しの千春まで言葉遣いが悪くなったら困るから、やめてほしい。
「私、何があっても壁のものにならないよ？」
「「…へ……？」」
　ギャーギャーとふたりで言い合っていたのに、私の声が聞こえたようで、ふたりはポカーンとまぬけな顔でふりむいた。
　別に、そんなに驚くところじゃないと思うんだけどな。
　だってふたりとも私が男嫌いなことは知っているはず。
「そうだよねっ！　芽依は男なんて嫌いだもんねっ！」
「うん。しかも壁なんて絶対にないから」
　そう言うと千春は、ぱぁっと表情を明るくさせた。
　千春の笑顔はかわいすぎて、いつもキュンとしてしまう。
　だけど、壁には会話が聞こえていなかったみたいで、
「持田くんだけは特別、って絶対に言わせてみせる！」
　と、さらにやる気をみなぎらせていた。

告白されました

【昼休み、中庭で待ってます
　　　　　　2-3　市原薫(いちはらかおる)】

　朝、下駄箱に入ってた手紙。
　昼休み、千春や壁の目を盗(ぬす)んで中庭へと向かう。
　相手は同じクラスの市原くん。
　学級委員で、優しくて頭がよくて、サラサラな黒い髪が爽(さわ)やかな美少年。
　……告白、かな。
　私に直接話しかけると壁ににらまれるから、こうやって手紙で呼び出されて告白されることがある。
　でも、誰とも付き合う気がないからいつもお断りしてるんだけど。
　中庭に行くと、そこには、すでに市原くんがいた。
「あ、ごめんね、柳瀬さん。呼び出したりしちゃって」
「ううん、ぜんぜん大丈夫だよ」
　にっこりと微笑んでそう言うと、市原くんは安心したように微笑んだ。
　その顔は優しくて、市原くんってきれいな顔をしてるなって改めて思う。
　隠(かく)しきれない爽やかなオーラは、中学時代の私にはドストライク。

中学時代に市原くんのような人に告白されたら、きっとOKしていたと思う。
「それで、なんの用かな？」
　市原くんと喋ると、壁の時とちがってきれいな言葉で喋ろうと心がけるから、心まで洗われるような感覚になる。
　私が聞くと少しだけうつむいた市原くん。
「……柳瀬さんってさ、付き合ってる人とかいるの？」
　控えめにつぶやくような問いかけに、告白だと確信する。
　けれど、どうして好きになってもらえたかなんて見当もつかない。
　たしかに女の子みたいなきれいな顔立ちをしているけど、市原くんは男。
　普段、必要以上に関わることなんてしない。
　そこにどんな理由があったとしても、私には断るという選択肢しかないことは変わらない。
「いや、いないよ？」
「ほ、ほんとに……!?」
　私の返事を聞くと顔を上げた市原くん。
　その顔は、ぱぁぁぁっという効果音をつけたくなるほど輝きに満ちあふれていた。
　普段はしっかりした優等生の市原くんの、あまり見ることのない無邪気な笑みに、思わず胸がキュンとなりそうだけど……そうはならない。
　前の私だったらなっていたはずだけど、今は男ってだけでダメなんだ。

そんな私が今、キュンとするとしたら千春くらいなんだと思う。
「持田とも付き合ってないし、他校にも彼氏いないってことだよね!?」
「……ん？」
「……え、ちがうの？」
　険しくなった私の表情に、市原くんの表情も曇る。
　今、市原くんなんて言った？
　私の耳が正しければ、持田とも付き合ってないしって言ったはず。
　混乱する頭で、よく考える。
　赤い髪をして、ケンカ最強の、あの怖い人。
　どうやったって私の知っている人の中で持田というのは、奴しかいない。
　私につきまとう、ストーカーの壁。
　そして今の話は私と壁が付き合ってるって勘ちがいされてる……？
「そんなふうに見えるの!?」
「え、いや……だって。柳瀬さん、他の男子とは話さないのに持田とはよく話してるから……」
「あれが会話に見えるの!?　私と壁……じゃなくて持田！あの人とは会話は成立しないから！」
「や、柳瀬さん？」
　突然、勢いよく喋り始めた私に圧倒される市原くん。
　というか私、告白される前なのに大丈夫かな。

あまり話したことないのに、多分市原くんの中での今までの私のイメージが崩壊しようとしてるよね。
　告白するのやめようと思われてるかも……。
　でもよく考えたら断ることが決まっている私からしたら、そっちの方が好都合なのかもしれない。
　あれ、そもそも私、本当に告白されるのかな？
　ちがっていたとしたら……。私、かなり痛い奴になっちゃうよ。
「あ、えっと、ごめんね！　私ひとりで喋りまくって！」
　そう思うと急に恥ずかしくなって、謝った。
　だけど突然聞こえてきたのは、市原くんの笑い声。
「……ははっ」
「い、市原くん？」
　でも私には今の会話の何がおかしかったのか、さっぱりわからない。
「ごめんね。なんか、柳瀬さんが素を見せてくれた気がして嬉しくて」
　ポカーンと見つめる私の視線に気付いて説明してくれた。
　素……？
「だって俺、柳瀬さんのこと好きだから」
　市原くんがあまりにサラッと口にした言葉に耳を疑った。
　告白されるとは思ってたけど、まさかのタイミングにびっくりしてしまう。
　今ので変な奴って引かれなかったってこと？
　市原くんモテるし、私じゃなくてもかわいい子と簡単に

付き合える気がするのに……。
　自分で言うのも悲しいけど、趣味変だと思うよ？
「柳瀬さんって……私？」
　そして、混乱した頭のまま口から出た言葉は、我ながらバカすぎた思う。
「うん、他に誰がいるの？」
　だけど、そんな私の変な質問にも笑顔で答えてくれる市原くん。
　彼はきっと神や仏のような人なんだと思う。
「だからよければ俺と——」
「ざんねーん。あいにく、芽依ちゃんは男嫌いでして」
　市原くんが言いかけた瞬間、後ろからとっても聞き覚えのある声がした。
「それに芽依ちゃんは俺が口説いてんの。邪魔すんなよ、優等生くん」
　嫌味たっぷりであきらかにバカにした声。
　そこまで聞いて、ようやく私は今の状況に気付いた。
　……この声、絶対に奴だ。
　私は、しぶしぶ声がした方へふり向いた。
　すると、そこにはやっぱり
「もう、俺の芽依ちゃんはモテるんだからー。ったく油断もすきもありゃしない」
　私に向かって、ニッコリと微笑む壁。
　どうして、こんなに絶望的な気分になるんだろう。
「私、いつ壁のものになったっていうの？」

「もうツンデレなんだからー」
「いつデレたのよ!!」
　もう、意味がわからない！
　わかりたくないけど、ほんとにわからない！
　理解不能、誰か助けてほしいよ。
「え、えっと……」
　市原くんの戸惑いに満ちた声が聞こえた。
　突然の壁の登場と意味不明な発言のせいで、完全に存在を忘れていた。
「気安く芽依ちゃんに話しかけてんじゃねーよ。嫌がってんだろ？」
　でもできることなら……私はこの壁から離れたい。もう、この場から逃げ出したいよ……。
「柳瀬さんは持田と付き合ってるわけじゃないんだろ？だったら、お前にアレコレ言われる筋合いはない」
　この世で壁に言い返すのは私と千春くらいだと思っていたのに、市原くんは持田に向かってそう言った。
　だけど、口調がいつもの市原くんの感じと少しちがっている気がする。
　いや……怒ってるのかな？
「だーから、口説いてる最中だって言ってんの。邪魔すんな、わかる？」
「私はいつ口説かれたって言うの」
「え、いつも」
「あれは私をいじめてるんでしょ？　もうやめてよ」

「芽依ちゃん、ひどいよ！」
　あれが口説いてるだなんて笑えないジョークはやめてほしい。
　あんなの嫌がらせだよ、ありえない。
「そう言えば柳瀬さん」
「芽依ちゃんに話しかけんな」
　後ろにいた壁はいつの間にか私の横にいて、グッと肩を抱かれたけど、すぐに壁の腕を振りはらい、市原くんに尋ねた。
「何、市原くん」
「男嫌いって……えっと」
「……男の人とは必要以上に関わりたくない」
　あんまり言いたくないけど、しっかりと伝えなきゃ。
「どうしても話さなきゃいけない時は話すけど、付き合ったりとかそういうことは……無理かな」
　……もう、傷つきたくない。
　どんなに好きでも、あんなに辛くて苦しいのは嫌だ。
　男なんて嫌い。
　平気で嘘をついて、平気でだますんだから。
「ごめんね。市原くん」
　けっして、市原くんが悪いわけじゃない。
　市原くんがあの男と一緒じゃないってことも十分わかってる。
　でも、わかってても無理なの。
　申し訳なくて頭を下げる。

「気にしないで芽依ちゃん！　頭上げてよ！」
　……あのね。
「壁に謝ってないの！」
「え？」
　いやいや、そんなキョトンとされても困るよ。
　え、まさか本気で言ってる？
「ということで、芽依ちゃんは連れて帰りまーす」
「「……は？」」
　またもや持田の理解に苦しむ言葉に、思わず市原くんとハモった。
　その瞬間、ふわりと身体が浮いた。
　え、お姫様だっこ？
　そう思って、ちょっとドキドキしそうになったけど、そんなステキなものじゃありませんでした。
「ちょっ、スカートなんだから肩にかつがないでくれる!?」
　バタバタしたら、私のひじが壁の後頭部に直撃。
「ぐはっ……」
　持田が私をかつぐ手が緩み、ちょっとひじがジンジンするけど、なんとか逃げられた。
　ほんと、油断もすきもない。
　壁は背が高いから、かつがれると高くて怖い。
　まず、男に触られるだけで気分が悪いのに、勘弁してよ……。
「柳瀬さん、大丈夫？」
　慌てて駆け寄ってきた市原くん。

私の顔をのぞき込むように、そう聞いてきた。
——近い。
　そう思った瞬間、思いっきり彼を突き飛ばしていた。
　一定の距離を崩されると身体が拒否反応を起こすんだ。
　だけど、心配してくれたのに感じが悪いにもほどがある。
「ご、ごめん……っ」
「いや、俺が顔を近付けたりするから……。嫌だったよね、ごめん」
　謝られると罪悪感が増す。
　なんで私は、こんなにも優しい市原くんを傷つけてるんだろう。
　いつもなら、二度と告白してこないほど冷たくあしらうのに、なんでこんなに長々と話してるんだろう。
　嫌悪感丸出しの私は、どこに行ったんだろう。
「はい、時間切れー。ご飯食べるよ、芽依ちゃん」
　うつむいていると、そんな呑気な声が聞こえてきて腕をつかまれた。
「ちょっ……離せっ！」
　嫌だ、嫌だ、嫌だ。
　腕に伝わるあきらかに"男"を感じさせる力強さ。
　ゴツゴツとした大きな手。
「嫌だ、離さねー」
　壁はそう言うと、私の手を引きながら歩き始めた。
　背が高い分、足が長いから歩くペースが速くて、ぐんぐん進んでく。

いつもとちがう少しだけ低い声と真面目な顔に、何も言えなくなってしまう。
　ヘラヘラした顔しか向けられたことがなかったのに。
　そんなふうにされて、私はどうしていいかわからなくなってしまった。
　ふり返ると、同じようにどうしていいかわからなくなって立ち尽くす市原くんがいた。

「芽依っ！」
　壁に引きずられるように歩いていると、校舎内に入ったところでかわいい声が私を呼んだ。
「千春……」
「よし、もう大丈夫かな」
　そう言って、壁が手を離すのと同時に千春が抱きついてきた。
「探したんだよぉ」と、なぜか涙声で言うから、よしよしと頭を撫でる。
　昼休みに見つからないからって、ちょっと大げさじゃない？
「芽依、告白されても即フるからすぐ帰ってくるのに、帰ってこないから。もしかしたら襲われてるんじゃないかって思ったの」
　今の話からして、黙って行ったのに告白されてたってことを、察してたんだね。
　いや、毎回わかってたってことだよね。

即フるのにって言葉が出てきたということは、千春はついてきたことがあるってこと……？
「心配しすぎだよ」
「だって芽依、男の人、嫌いなのに。……何かあったら助けなきゃって。……あの時は助けてあげられなかったから」
　ぎゅううっと腕に力を込める千春に胸が痛んだ。
　千春は何も悪くないのに、ごめんね。
「あの時って？　いついつ？」
　……どうして壁って、こうも空気が読めないんだろう。
「ほんとにウザい。どこかに行ってくれないかな？」
「俺、助けてあげたのに芽依ちゃんひどーい！」
「助けられた記憶なんてないけど」
　そう言うと「えぇー！」と大げさに壁は驚いた。
　見た目だけでも目立つのに、大きい声でしゃべるからみんなこっちを見てるじゃん。
「あの爽やか気取った王子様気分野郎！」
「該当者(がいとうしゃ)がいないんですけど」
「さっきまで芽依ちゃんに詰め寄ってたやつ！」
「詰め寄ってるの、壁でしょ」
　どんどん近付く距離が嫌で、千春を抱きしめたまま離れてく。
　このままじゃ、そろそろ自分の足が出そう。
　どこ蹴(け)るかわかんないよ？
　やっぱり弁慶(べんけい)の泣きどころかな？
「いや、急所を狙(ねら)うべきだよ、芽依！」

私が何をしようとしていたのかわかったのか、千春がそう言った。
　実際、一番怖いのは千春なのかもしれないなって思う。
　私の腕の中で顔を上げ「蹴っちゃえ蹴っちゃえ！」と楽しそうに言う。
　自然と上目遣いになっててかわいい……って思っている場合じゃなくて。
「だって芽依ちゃん困ってたでしょ？」
「……へ？」
　ふと千春から目線を移すと、壁の顔がすごく近いところにあった。
「ち、近付かないでって言ってるでしょ、バカ!!」
　とっさにみぞおちを蹴っちゃった。
　結構痛かったはず。
「……っ、強いところも素敵！」
　それでも平気で喋ってる壁は一体何者なんだろう。
　ゾンビ？　宇宙人？　化け物？
　……あ、壁だね。自分でつけたあだ名を忘れてた。
　なんて、そんなこと思ってる場合じゃなくて。
　持田は私が困ってたって言ったよね。
「困ってるって、壁にでしょ？」
「え、芽依ちゃん俺の溢れる愛情に困ってて、だから助けてほしいの？」
「うん」
　私がうなずくと、なぜかニターッと不気味な笑みを浮か

べた壁。
　私には嫌な予感しかしない。
　それは千春も同じようで、腕の中で震えている。
「俺の強い愛情に溺れちゃって困ってるから、助けてほしいってこと!?」
「あんたなんか、もう死刑!!」
「俺は無期懲役で永遠に芽依ちゃんに囚われていたいんですが」
「やだ、即刻死刑にする。それか日本から追放ね。地球から出て行ってくれるのが一番ありがたいかも」
　地球上から壁がいなくなったって、私は困らない自信があるもん。
「ツンデレ〜」
「……」
　だって会話ができないんだもん。
「じゃあ、俺は売店行ってこよー。じゃーね、芽依ちゃん」
　パチンと私に向けてウインクをすると
「てめぇら、道の真ん中に突っ立ってんじゃねーよ、ぶっ飛ばすぞ！」
　と、まわりの生徒を威嚇しながら、売店の方へと歩いていった。
「「………」」
　そのあまりの変わりように、私も千春もしばらく何も言葉が出なかった。
　な、なんだったんだろう……。

結局、何がしたかったのかわからなかった。
　私が若干キレながら悩んでいると、
「持田的には芽依を守ったのかな？」
　なんて私の腕からゴソゴソ抜け出しながら、そう言った。
「え？」
　守った？　どういうこと？　どっちかと言ったら邪魔されたような気がするんだけど。
「だって芽依。今日はいつもの告白とちがって、長い時間告白相手といたでしょ？　襲われてはないみたいだけど何か困ってたんじゃない？」
　私、困ってたかな。
　いやいや、私が困ったのはまちがいなく壁が登場してから。
　男嫌いなんて勝手に暴露しちゃうから。
「あれ、ちがうの？」
「……うん」
「ねえ、今日の告白相手って誰？」
「……同じクラスの市原くん」
　そう言うと「あぁー」と納得した声をあげた千春。
　けど、何があぁー、なのか私にはさっぱりわからない。
「焦ったのかな」
「…………焦った？」
「だって持田。いっつも芽依が告白されてるの盗み見てるんだよ？」
「は？」
　そしてそれを知ってる千春もきっといつも見ているのね。

「いくら芽依が男嫌いでも、今度の相手には取られるかもって思ったんだよ。ほら市原くん、芽依の好みのタイプだったでしょ？　中学の頃だったら……」
「そうだけど……って私の昔の好みなんて壁は知らないじゃん」
「だって市原くん、どことなく……相野に似てるじゃん」
　──相野。久しぶりに聞いた名字に胸がざわつく。
「でも、壁は相野……空のことなんて知らないじゃん」
　そして自ら口にすれば苦しくなる。
「いや……って、あれ」
「ん？」
　眉間にシワを寄せて、しばらく黙ると
「よし、ご飯だご飯！」
　パン、と両手を鳴らして千春は教室へと歩きだした。
　……はぐらかされた。
　だけど、壁が助けたかったにしろ、焦ったにしろ、私は迷惑だ。
「芽依ー、早く！」
「はいはい」
　誰かを想うのも想われるのも、こりごり。
　──あ、ちがう。想われてなんか、なかった。
　一瞬だけ自嘲するように笑みを浮かべ、私は千春を追いかけた。

ストーカーが増えました

「おはよ、芽依ちゃん」
　廊下で絡まれるところからスタートした、いつもと同じような１日。
　だけど、いつもとちょっとちがうのが、壁の隣になぜかもうひとりいること。
「おはよ、柳瀬さん」
　市原くんだ。
　なんだろ、帰りたい。
「おい、テメェなんでここにいんだよ！　てか芽依ちゃんに気安く話しかけんな、ぶっ殺すぞ！」
「柳瀬さんは別に持田のじゃないのに、そんな権利ないと思うけど？」
「テメェ、マジでぶっ殺す……っ！」
　もう、どうしてこんなにうるさいんだろう。
　相討ちになってどっちも倒れてくれたら楽なのにな、なんて考えが頭に浮かぶ。
　ふたりがギャーギャー言ってるのをいいことに、私はこっそりここを抜けだそうと思い、ゆっくりと足を進める。
「表出ろや！」
　あ、このセリフってドラマ以外でも聞くんだ。
「ケンカなんてバカらしい。学生らしく勉強で戦おうよ？」
「……ざけんなっ！」

バカな壁は毎回トップ３に入る市原くんとは勝負にならないでしょ。
　　今から、３秒たったら逃げよう。
　　ゆっくりと、慎重に……いち。
「なら、スポーツ？」
　　……に。
「あぁ？」
　　……さん!!　よし、今しかない!!
　　そう思って、私は勢いよくその場から走りだした。
　　といっても、そこまで距離がないので、あっという間に教室の前に着いた。
　　ふり返って確認してみるけど、どうやらふたりはお互い言い合いに夢中で私が逃げ出したことには気付いてないみたい。
　　ふたりとも、バイバーイ。

　　──ガラッ。
　　教室のドアを開ける。
　　だけど……できれば開けたくなかった。
　　一斉に集まる視線。だけど、私だと認識するや否や、その視線は一瞬にしてそらされる。
　　私の登場によって一瞬静かになった教室は再び騒がしさを取り戻していく。
　　──私、確実によく思われてない。
　　秘かにモテる壁と、学年で一番モテる市原くん。

そんなふたりが揉めてるんだ──私のせいで。
私の存在を煙たがるのも無理はない。
だけど、そうだけど。
私が何をしたって言うのよ。
いつもは挨拶する友達に何も言わずに席に着く。
もちろん向こうも何も言ってこない。
これだから、嫌。
男が絡むと色んなことがドロドロして壊れていく。
だから男なんて嫌いなんだ……っ。
うつむいてスカートをギュッと握りしめながら、千春が来るのをひたすら待つことにした。
なんで私ばっかり、こんな目にあうんだろう。
幸せな恋愛をしてる人だっているはずなのに。
どうして私はいつも何かが壊れてくんだろう。
私が悪いの？　私のせいなの？
中学時代、愛されたいと願い、愛されてると勘ちがいしてたことが、それがそもそものまちがいだったと言うの？
そんな淡い想いを、願いを抱いた私がダメだったって言うの？
神様はなんで私には冷たいんだろう。
私のことが、嫌いですか？

「芽依ー、おはよーっ！」
突然、光が差したように明るい声が聞こえてきたのと同時に、勢いよく千春が抱きついてきた。

「おはよ、千春」
　いつだって変わらずそばにある温もりと笑顔に、ちょっとだけ泣きそうになる。
　するとそんな私の些細(ささい)な変化にも気付いたようで、彼女の表情が不安そうに曇る。
「どうした、芽依？　何かあった？　あぁ、もしかして校舎の前で持田と市原くんが言い合ってたのが関係ある!?」
　まだしてたんだ。てか、ほんとに表に出たんだね。
「……厄介な人が増えちゃった」
　100％ほんとじゃないけど、まちがいじゃない。
　だってクラスメートに嫌われ始めたかも、なんて言えるわけない。
　そんなことしたら千春、まちがいなくキレてクラスメートと戦いだすもん。
　千春が浮いちゃったり嫌われたりするのは、嫌だから。
　だから、そう言って困ったように笑うと、
「モテる女も大変だね〜」
　としみじみ言われた。
　あはは、と笑いながら私は、教室のどこかから感じる突き刺(さ)さるような鋭い視線に気付かないフリをした。

「あきらかに最近、芽依元気ないよね」
　あれから１週間。
　壁と市原くんは、相変わらず仲が悪く言い争ってばかりだ。
　そのせいで、日に日にクラスの女子からの視線は冷たく

なっていた。
　もともと男子と話さない私は、もう千春としか話さなくなっていた。
　その状況に、いらだちを抑えられなくなった千春がキレたのは、壁と市原くんがついてきて、昼休みに屋上でお昼ご飯を食べようとしていた時だった。

「え、芽依ちゃん？」
「柳瀬さん、何かあったの？」
　どう考えたって、あなたたちふたりが原因じゃん。
　しかもこの状況がさらに事態を悪化させてるということになんで気付いてくれないのかな。
　なんで私を不幸にしている元凶であるふたりと昼ご飯をともにしなきゃいけないの。
「なんかあったら言ってよ芽依ちゃん！　芽依ちゃんを傷つける奴は許さねぇから」
　壁が言うと、その言葉はとてつもなく物騒なものに聞こえてしまう。
　私のせいで事件を起こすの、勘弁してよ……。
　何が起きても責任なんて、取れないもん。
「力になれることがあったら言ってね、柳瀬さん」
　だったらふたりとも私に関わらないでよと言いたい。
　私につきまとわなくなる、そしたら済む話なんだと思うのに。
　全部、元に戻るはずなのに。

「何もないよ、ほんとに」
　何か言えば厄介なことになるのは目に見えているから、余計なことは言わない。
　そう言うと壁と市原くんは「そっか」と納得してくれた。
　だけど……たったひとり、千春にだけはどうやら通じなかったようで。
「ちょっとさ、男たちはどこか行ってくれるかな？」
　あまりにも冷ややかな声が聞こえ、私たちの動がとまった。
　普段のかわいい天使のような千春からは想像ができないその声に、市原くんは唖然(あぜん)としている。
　売られたケンカは買う主義の壁は、千春をにらんでいる。
「ねえ、聞こえなかったの？　どこか行ってって言ったんだけどさ」
　こ、怖いよ千春さん。
　静かに怒る千春の手にギュッと力がこもる。
　あぁ、千春の手の中にあるクリームパンが潰(つぶ)れちゃうよ‼
「柳瀬さんのお願いなら聞けるけど、ごめんね近野さん」
　唖然としていたわりに、ニコリと微笑みながらそう言った市原くん。
　ケンカを売ってるとしか思えないんだけど……。
　どうしたらこの状態の彼女に対して、そんな言葉をかけることができるんだろう。
　市原くんがまったくこの場から去る気配がないんだから、壁にそんな気なんてあるはずがなくて。
「俺は芽依ちゃんのそばにいてぇの」

……なんて少女漫画かと思うほどのカッコいい言葉を口にした。
　だけど壁に言われてもまったくもってキュンとしない。
　むしろ、寒気しかしなくて、気持ちが悪い。
「ね、ふたりとも教室に戻ってくれない？」
　千春が怖くて、ふたりにそう頼(たの)む。
　市原くんは私からのお願いなら聞けるって言ってたし、壁だってきっと……。
「いくら柳瀬さんのお願いでも、無理かな」
「やだ、無理」
　なんて、私の淡い期待は一瞬にして打ち砕(くだ)かれた。
　壁どころか市原くんにさえ、さらりと却下(きゃっか)されてしまった。
　相変わらず爽やかな笑みを浮かべる彼に、さっきと話がちがう、とムッとする。
　どうやら、さっきの言葉は嘘だったらしい。
「私の前から今すぐ消えるのと、この世界から消えるの。どっちがいい？」
「俺が消えても、きっと芽依ちゃんの心には俺が居続けるよ？」
「……」
　キツめの私の質問に答え慣れてしまっている壁が、そう言った。
　ポジティブなのはいいことだけど、ポジティブすぎるよ……。
「持田だけズルイな。俺も柳瀬さんの心に居座ろーっと」

そして、ポジティブは伝染するのか、市原くんまで理解に苦しむことを言いだした。
　心に居座らせるつもりはないけど、記憶には残り続けると思う。
　逆にどうやったらこんな人間を忘れられるのか教えて欲しいくらいだ。
「あぁ、もう！」
　そんな私たちのやりとりに痺れを切らした千春が立ち上がった。
　そして、さっき握って形が崩れてしまったクリームパンを口に詰め込むと、
「ホイレヘ、ハナホ！」
　と叫んだ。
　おそらく、「トイレで話そ」だと思う。
　千春は叫んだ後、先に屋上を出て行ってしまった。
　喋ってからクリームパンを食べればいいのに……と思いながら、私は壁と市原くんを屋上に残して、千春を追いかけようとした。
　だけど、歩きだしてすぐに、私は動きをとめた。
「ねえ、壁」
　あるはずない、そう思うけど。
　さっき曖昧に話を終わらせたから気になる。
　千春があんなこと言うから。
　まるで壁が……空を知ってるみたいな。
「どうした、愛しのハニー」

普段なら言い返すのに、そんな余裕がなくて。
言葉にするのが怖くて、だけど知りたくて。
もし壁が空と知り合いだったら……。
「あの、さ……」
「……芽依ちゃん？」
　立ち上がって、千春が去って行った方に目を向けて、壁を見ないようにする。
　そうじゃなきゃ、平静でいられる自信がない。
　でも、もう不自然なのかもしれない。
　壁の声が真剣なものへと変わったから。
　だけど、仕方がない。
「もしかして相野空って人、知ってる……？」
　名前を呼ぶだけで、私の心はまだこんなにもかき乱されるのだから。
「あいのそら？」
　そう復唱した壁が、これから何を言うか怖くてギュッと目を閉じる。
　名前だけ聞くと、"愛の空"と変換できてほんとにきれいな名前だなと思う。
　とても整った顔立ちをした彼にとても似合っていた。
「……誰、その男？」
「……へっ？」
　思っていたのとちがう返事に、思わず目を開いてまぬけな声をあげてしまった。
「空ってことは、男？」

「し、知らないの？」
　ふり向いて壁の顔を見る。
　私が男の名前を口にしたせいか、怪訝な表情を浮かべている。
「まさかその大地とかいう男のこと好きなんじゃないよね!?」
「いや、空だってば」
　いやいやいや。
　なんでもう名前まちがえちゃうわけ？
「持田、そんなに難しい名前じゃないと思うよ？」
「は、黙ってろよ」
　今まで静かに話を聞いていた市原くんが、私の気持ちを代弁してくれた。
　すかさず、それに反論する壁。
「俺以外の男なんて、見ないでよ」
「意味わかんない。あんたも含めて男はお断りだから」
　いつもの言い合いみたいになってきて、本題とはズレてきてるような気がする。
「俺は例外でしょ？」
「え、一番無理だよ」
　どうしたらそんな自信満々に言えるんだろう。
　その自信はどこから湧いてきているのか不思議でたまらない。
「柳瀬さん、俺は？」
「市原くんまで……。もう私の手には負えないんだけど」
　なんだか、優等生っていうのは嘘なんじゃないかって思

えてきたよ。
　もう返事をすることすら疲れちゃうんだけど。
　壁は話そらすし、空の名前を覚える気すらないみたいだし。
　私はこんなことを聞きたいがために、屋上にいるわけじゃないのに……。
「あー、もうじゃあその男」
　ついに覚えるのをあきらめた壁が声をあげた。
「ん？」
「芽依ちゃん、そいつのこと好きだなんて言わないよね？」
　はぐらかそうかな。なんて一瞬頭をよぎったけど、壁がいつになく真剣な顔をして聞くから、嘘をついたら悪い気がする。
「私は──」
「もう、芽依何してるのー!?　はーやーくっ!!」
　何を言うべきかわからないまま話しだそうとした瞬間、タイミングがいいのか悪いのかわからないけど、千春が戻ってきた。
　腰に手を当てて、ほっぺたをふくらませてお怒りモードだ。
　めちゃめちゃかわいいけど、怒ってるんだと思う。
「はい、行くよ」
「ち、千春？」
　近付いてくると私の腕をつかんだ。
　そして「レッツゴー！」なんて言いながら歩きだす。
　うん、やっぱり怒ってないのかもしれない。
　歩を進めながらも壁の方を見る。

引きとめられると思ってたから。
　だけど壁はジッと私を見つめてるだけで、そこから動きもせず、言葉も発しようとはしなかった。
　ただ、その目が私の中のいつかの記憶と重なって、目をそらした。
　千春に手を引かれながら考える。
　なんでよ。
　あんなに泣かされたのに。
　あんなに苦しめられたのに。
　もう高2だよ？
　中学を卒業してから会ってないのに。
　どうして消えないの？
　忘れられないの？
　さっきの壁の目、空と付き合い始めてちょっとしてからの時と、すごく似てた。
　まだ、優しくて、大好きで……。
　私が愚かだと気付いてなかった頃。
『好きだなんて言わないよね？』
　さっきの壁の言葉。
　私は何を言うつもりだったのかな。
　好き、か。
　好きだった。たしかに前は好きだった。
　付き合ってる頃は好きで好きで。
　……別れてからは？
　別れても最初の頃は泣いてばかりだった。

たぶん別れてからも好きだった。
……じゃあ、いつまで？
いつまで私は空のことが好きだったの？
それともまだ好きだなんてバカなこと思ってるの？
ありえない。
好きだなんて、ありえない。
忘れられないのは憎いから。
恨んでも恨みきれないほどに憎いから。
きっと、そう。

「よし、ここのトイレは使う人ほとんどいないもんね」
　たどり着いたのは４階の一番西側にあるトイレ。
　千春は、さっきとはうって変わって、遠慮がちに話しだした。
「ごめんね、最近芽依のまわりがおかしいと思って、朝、芽依より先に来て、いろいろ調べたの。そしたら机の中に……」
　そっと千春が差し出した１枚の紙切れ。
　それを見た瞬間、思わず息をのんだ。
　──少しずつ、少しずつ、何かが壊れていく気がした。

第 2 章
嫌がらせ!?

見えない敵？

「なんかあったら絶対に言ってね？」
　もう何度目かわからないセリフを言うと、千春は自分の席へと戻っていった。
　昼休みが終わり、今から5時間目。
　私はいまいち現実味のない悩みを抱えながら、数学の授業の準備をしていた。
　さっき千春から見せられた紙切れ。

【持田くんや市原くんに
　　近付いたら　お前を消してやる】

　当たり前だけど差出人は不明。
　別に私から近付いてるわけじゃない。
　そんなこと、私に言われたって困る。
　第一、壁なんて隣の席なのに、どうしろって言うのよ。
「芽依ちゃーん、数学ダルいから一緒にサボろ？」
　こんなふうに、今日も私にしつこく絡んでくるのに……。
　壁にいつものテンションで言い返したいけど、もしかしたらさっきの差出人がこのクラスの人かもと考えると、簡単に話すわけにはいかない。
「ちぇーっ、芽依ちゃんが冷たい」
　私が無視を続けていると、壁は意外とあっさり引き下

がった。
　それに安心して、教科書をパラパラとめくった。
　ほんと、何気なく。
　何かを予感してとかじゃなく。
「ひっ……っ」
　慌てて口に手を当てて声が漏れないようにする。
　そして、すぐに教科書を机の中にしまった。
　教科書は誰かの手によって落書きされていた。
　内容も読めないほどに、めちゃくちゃに。
　いつも置き勉なんてしてないから、今日やられたんだろう。

【キモい】【調子に乗んな】【男好き】

　赤や青のマジックで殴り書きされた文字。
　誰がこんなこと……っ。
　てか男好きなんてふざけんな。むしろ嫌いだっつーの。
　何も知らないくせに、私のことなんて何も知らないくせに……!!
　悔しくて、だけど、どこにぶつけたらいいかわからない感情にグッと両手を握りしめた。
　ふと隣を見ると、壁は私に無視されたせいでふて腐れているのか、机にふせて寝ていて気付いていないようだった。
　……よかった。
　いや、この状況はまったくよくないんだけど。
　どうしよう、他のクラスの友達に借りにいかなきゃ。

数学の先生、すごく厳しくて、忘れ物するとめちゃくちゃ怒るんだ。
　早く借りにいかなきゃ、そう思うのに、嫌がらせをされた事実が急に現実味を帯びてきて、頭も身体も思うように動かない。
「よーし、授業始めるぞ」
　なんてことを考えているうちに、先生が来てしまった。
　どうしよ……。
「芽依ちゃん、教科書は？」
　小声で壁が話しかけてくるけど、無視するしかない。
　怒られるのは嫌だけど、先生には忘れたって適当な嘘をつけばいい。
　だけど、壁と話してるところを見られて、嫌がらせがヒートアップする方が耐えられない。
「……芽依ちゃん？」
「34ページの文章問題からいくぞー。まず問題を読んでもらうか。じゃあ、柳瀬」
　どうして、こういう時にかぎって当てられてしまうんだろう。
　自分の運のなさがとことん憎い。
　静かな教室。
　読み始めない私に注がれる視線が痛い。
「柳瀬、教科書も開いてないじゃないか。なんだ、もしかして忘れたのか？」
　もしかしたら、この中に犯人がいて、困ってる私を見て

笑ってるかもしれない。
　本当はここで、落書きでぐちゃぐちゃな教科書を出して、こんなことされましたって先生に助けを求めたっていい。
　そしたら何か変わるかもしれない。
　だけど、先生だってずっとついてくれるわけじゃない。
　そしたら陰湿(いんしつ)なことばかり繰(く)り返されて、きっといつか私自身が耐えられなくなる気がする。
　そうならないように、せめて今のレベルで嫌がらせがとどまるように、こう言うしかないじゃない。
「……忘れました」
「……忘れた？」
　先生の冷ややかな声が聞こえてきて目をつぶる。
　悔しくて、思わず泣きそうになる。
　ダメ、泣くな。
　こんなところで泣いたら変に思われる。
　千春が心配しちゃう。
「柳瀬、お前──」
「あ、ヤッベー」
　少し力の入った先生の声に重なった、お気楽な声。
　それはすぐ隣から聞こえた。
　な、何……？
　目を開けて、そちらに目を向けようとしたら、バサリと音がした。
　私の机の上には、数学の教科書。
　それはどう見たって私たちが普段使っているもので。

「先生、俺まちがえて芽……、柳瀬さんの教科書持ってました一。ということで俺が教科書忘れました一、てへ」
「……柳瀬が忘れるわけないと思ったんだよ。ほんとしっかりしろ持田。というか、てへだと？　舐めてるのか？」
　勝手に進んでく話に、私だけ置いてきぼり。
　教科書を裏返して、裏表紙をめくってみる。
　そこに書かれているのは、もちろん私じゃなくて"持田海"という男のくせにきれいな字で書かれた名前。
「罰として持田はプリント８枚だ」
「は、しねーよ？」
　かばってくれたの……？
　何も知らないはずなのに、私がただ教科書を忘れただけかもしれないのに、それなのに……。
「なんだと？」
「わかった、わかった。さっさと授業進めろよ」
「持田、あのな」
「先生、授業進めてください」
　いつまでも終わらない言い合いをとめたのは千春。
「そうだな……。時間を取ってしまったから、各自で問題を読んで解いてくれ」
　そのひと言で、いつもと同じように流れだす時間。
　ただ、私と壁、そして千春の３人を置き去りにして。
　ノートをちぎって、シャーペンを握る。
　話しかけられないから、文字で伝えるしかない。
　見られたら終わりだけど、このままお礼も何もしないの

は嫌だった。
　たとえ相手が壁であったとしても。
　少しだけ震える手で文字をつづる。

【ありがとう】

　たった5文字の、精一杯の感謝を。
　こいつに感謝するのはなんだか癪だけど。
　でも、助けられたのは事実だから。
　まわりに気付かれないように、そっと渡した。
　今は壁もうつぶせになってるから、バレないしちょうどよかった。
　じゃないと、「ラブレター!?」なんて叫びかねない。
　……教科書ないからって寝ることないのに。
　まあ、教科書ないのは私のせいだけど。
　というか、新しいの買わなきゃな……。
　だけど買ってまたすぐに落書きされたら？
　破産しちゃうよ、私。
　授業なんて頭に入りそうもなかったから、教室を見渡してみたけど、みんなの視線はノートや黒板。
　当たり前なんだけどさ。
　犯人が同じクラスの人間とは限らない。
　なんとなく、朝、私の机の中にあったらしい紙切れを改めて見てみる。
　手書きじゃない、おそらくパソコンで打たれた文字で、

差出人が男か女かさえもわからない。
　でも、教科書の落書きは丸っこくて女子っぽい字だったから、きっと女の子なんだろう。
　同じ人の仕業なのかな？
　それすらわからない。
　手がかりなんてないに等しいじゃん。
　あまりにも冷静に分析していて自分自身でも驚く。
　かわいいげないな、私。
　でも、できる限り強くありたい。
　最初は動揺したけど、弱り果てたらそれこそ相手の思うツボだもんね。
　しかも千春に余計な心配かけちゃうし、壁とか市原くんも何か探ろうと、騒ぎそうだし。
　だから私は無理にでも平然としてなきゃダメなんだ。
　それに、こんなの……。
　あの日に味わった絶望に比べたらなんてことない。
　だって、大切な人は誰も失ってないんだもん。
　……戦ってやろうじゃないか。
　私が静かに決意した瞬間だった。

本当のことなんて、言うわけない

「おいで、芽依ちゃん」
　数学の授業が終わり、左隣から聞こえた声に顔をしかめる。
　おいでって犬や猫(ねこ)じゃあるまいし。
「手がかかるなぁ……」
　なんて、聞き捨てならないセリフが聞こえてきたかと思うと、急に腕をつかまれた。
「ちょ……っ」
　壁は私が何か言おうとするのを無視して、そのまま腕を引いて教室を出ようとする。
　嘘でしょ!?
　嫌がらせの犯人が見ているかもしれない状況で、教室から一緒に出たらまずくない!?
　ていうか、次の授業サボるつもり!?
　振りはらおうとするけど、力では敵わない。
「黙って、ついてきて」
　ずるい。
　ヘラヘラしてるのに、たまにこういう真剣な顔をするんだから。
　いくら好きじゃなくても、いくら迷惑だと思ってても、何も言えなくなってしまう。
　抵抗はあきらめたけど、腕を引かれながら落ちつかない気分になる。

見られてるかもしれない。
　また何かされるかもしれない。
　どこか犯人らしき人はいないかと、自然に目で探してしまう。
　そして、連れてこられたのは屋上だった。
　そこでやっと私の腕は解放された。
「なんのつもりよ……っ」
　いつもと同じように言ったつもりが、あきらかに声が震えて勢いがない。
　おかしいな、さっきまで冷静だったのに。
　これじゃ不審に思われても仕方がない。
　できれば早く終わらせたい。
　壁とは一緒にいたくない。
「何を隠してるの？」
「別に何も隠してないけど……」
「じゃあ、教科書は？」
「忘れたの」
「嘘だ」
「嘘じゃない！」
　不安定すぎる。
　自分の感情の波が激しくて、誰が見ても不自然だと思う。
　あまり喋るとボロが出そうな気がして怖い。
　やっぱり早く切り上げなきゃ。
「俺は、芽依ちゃんが心配なんだよ」
「心配しなきゃいいじゃん。ほっといてよ」

そしたら誰も傷つかずに済むんだから。
「無理。俺、芽依ちゃんのこと好きだから」
「だから、迷惑だってば……」
　あまりにも真っ直ぐな言葉に、またもや言葉が勢いをなくしてく。
　よくも恥ずかしげもなく、こんなセリフ……！
「男なんて嫌いだから？」
　なんで今さらそんなわかりきった質問をしてくるわけ？
　何回もそう言ってるじゃん。
「そうだけど？」
「それも嘘だと思うけど？」
　……何よそれ。
「さっきから嘘だ嘘だって否定ばっかりして、なんなの？」
「だって芽依ちゃんが本当のこと言わないから」
「だから、嘘じゃないって言ってるじゃん！」
　冷静さを崩さない壁は、いつもと雰囲気がちがう。
「芽依ちゃんは男嫌いなんじゃなくて、臆病になってるだけ。そう言って自分を守ってるんでしょ？　……傷つくのが怖いから」
　すべてをわかってるみたいな口調も、私を見るその瞳も、無性に腹が立つ。
　だけど、もっと腹が立つのは私のことなんかたいして知らないはずなのに、壁が言ったことがあながちまちがいじゃないってこと。
「そうよ、私は傷つきたくないの。だから私を傷つける男

を嫌って避けてる。傷つきたい人間なんているわけない」
　人間誰だって自分が一番かわいい。
「俺だったら傷つけない」

『——俺だけは芽依の味方だから』

　壁の言葉を聞いて、いつかの空のセリフを思い出す。
　男は嫌い。自分勝手で純粋な恋心さえも弄ぶから。
　傷つけても罪悪感さえ抱かず、傷ついた方がバカだとさえ言う。
「嫌いなの、男なんて。もう傷つきたくないの。……なんでわかってくれないの」
「芽依ちゃんを苦しめる奴が、どんな奴かは知らない。だけどそんな男のせいで苦しむなんて、バカみてーじゃん」
　なんだか私の生き方を全否定された気がして、視界がゆがんでいく。
「その男はきっとお気楽に暮らしてんだよ？」
「だからじゃん」
「……え？」
　空は呑気に暮らしてるだろうね。
　きっと私のことなんて思い出しもしないと思う。
　でも、だからこそ。
「私がどれだけ苦しんでもおかまいなしで……。だから嫌いなんじゃん。男なんて、そんなものでしょ？」
「ごめん、芽依ちゃん。否定してごめん……。芽依ちゃん

が男嫌いだってわかってたつもりなんだけど……認めたくなかったのかも」
　突然、態度を変えてごめんを並べる壁。
　この短時間にどんな変化がおこったの？
「だから、お願いだからさ、そんな悲しいこと言わないで？……泣かないで？」
「……え？」
「そんな顔させたくて連れ出したんじゃねーのに……。何やってんだよ、俺っ」
　そう言うと、
　グシャグシャと長めの前髪をかき乱して、しゃがみ込んでしまった壁。
　私は、慌てて頬に手を当てていた。
　たしかに私の頬は濡れている。
　私、無意識に泣いてたんだ……。
「俺は、ただ……芽依ちゃんを守りたいんだよ？　だから教えてよ、何が起きてんの？」
　右手で顔を覆いながら、悲痛な声をあげる。
　なんで……壁がそんなに辛そうなのよ。
「俺って、そんに頼りないかな……？」
　大きな手からのぞく瞳が、揺れてる気がする。
　初めて見る弱気な壁に戸惑う。
　私の中の悪魔が〝ここで突き放せば、関わってこなくなるかも〟なんてささやいてくる。
「……ごめん。私、頼りないとか以前に、壁のこと信用し

てないから」
　青い空を流れる雲よ、どうか、この気まずい空気と私を、どこかに連れ去って。
「……はは、そっか。だよな、そうだったわ」
　こんな醜(みにく)い私を。
「もう、芽依ちゃんってば相変わらずキツー！」
「……」
「じゃあ、俺教室に戻るね？　まだギリギリ授業に間に合いそうだし。またね、愛しの芽依ちゃん」
　顔をふせて笑ったかと思うと、一度も顔を上げることなく、早口でそう言うと立ち上がり私の横を通りすぎていく。
「待っ……」
　言いかけて、やめる。
　何を言うつもり？
　今の私には、引きとめる資格なんてない。
　ひとり残された屋上で、私はしばらく動けなかった。

　傷つけた、どうしようもなく傷つけた。
　助けてくれたのに。
　私は恩を仇(あだ)で返した。
　自分を守る。そのためだけに。
　最低だ、ほんとに。
　一体、どれだけここにいるんだろう。
　６時間目が終わったのか、学校を後にする生徒たちが見える。

野球部がランニングを始めてる。
　教室に鞄を取りに行って帰らなきゃ。
　千春が探してるかも、心配してるかも……。
　なのに身体が動かない。
　ガチャ、とドアが開く音がしてふり返る。
「な、んで……」
「芽依ちゃーん、かーえろ！」
　そこに立っていたのは、肩にふたつの鞄をかけた壁で、ついさっきのことなんてなかったような笑みを浮かべてる。
　傷つけたじゃん。
　傷ついてたじゃん。
　耐えられなくなって、屋上を出ていったじゃん。
　私なんて嫌になったでしょ？
「芽依ちゃんがサボってた分のノート、取っておいたから」
　なんで、優しいの？
「だからさ、言い返してよ。勝手に人のノート使うとかキモいとかさ。いつもみたいに言ってよ」
　……それでいいの？
　壁はそれだけで私を許そうとしてるの？
「……あんたさ、Ｍ？」
「芽依ちゃん限定でね」
「……キモ」
「ありがと」
　ちがうよ、壁。
　ありがと、なんて私が言われる言葉じゃない。

「ねえ、壁……ううん。ありがとね、持田」
　助けられたのは私なんだから。
　お礼を言うのは私の方。
「ズルいなー、芽依ちゃん」
　そう言って笑った壁は、照れながら嬉しそうにしていて。
「ねえ、芽依ちゃん？　抱きしめていい？」
「はぁ？　ダメに決まってるでしょ。……死にたいの？」
「芽依ちゃんに殺されるなら、アリかも」
　やっぱり会話は成り立たない。
　だけど、いつもと変わらないことが幸せだと思えた。
「あー、いた芽依！　探したんだよ、帰ろ！」
「うん！　千春、帰ろっか、ふたりで」
「俺と芽依ちゃんのふたり？」
　でも、私は知ってる。
　幸せなんて束の間だって。
　だって根本的なことは何も解決してない。
　壁や市原くんとの関係が変わらなければ、私への嫌がらせは続く。
「持田は市原くんとふたりじゃないの？　芽依は私と帰るんだし」
「へー、いつの間に仲よくなったの？」
「俺、あいつ嫌い！」
「私は、あんたが嫌い」
「だってよ、持田！」
　だけど、今日くらいは気を緩めてもいいかもしれない。

すぐそこに見える闇をわかっていながらも、この幸せを噛みしめたい。
　大丈夫、私はひとりじゃない。
　だから戦っていける。負けないから。
　だから、笑っててね。
「芽依ちゃん。アイス買ってあげるから、一緒に帰ろう？」
「ほんと？　やった！　ありがと」
「いやいや、お前に言ってねーし、このチビ！」
「赤髪自意識過剰、ナルシスト男のあんたに言われたくない！　昨日、他校のヤンキーとケンカしてたのも知ってるんだからね！」
　何そのあだ名。長いし、センスない気が……。
「ふたりって仲よしだったんだね」
「芽依!?」
「芽依ちゃん!?」
　私は、ふたりのやりとりを聞きながら、少し笑った。

負けない!!

「ほんと、ベタだなー」
　6月下旬。
　梅雨で、そうじゃなくても憂鬱だっていうのに。
　こんな低レベルな嫌がらせ、いつまで続くんだろ。
　上靴を引っくり返すと落ちてくる画びょう。
　もう2週間くらい続いてると思う。
　でも、まあこのレベルだったらなんてことない。
　通りすぎていく生徒たちが同情の視線を向けてくる。
　でもほんとにかわいそうだなんて思っているのかなんて、私にはわからない。
　ザマーミロとか思っている人だっているんだろうなと思うと、むなしくなる。
　なんで私がこんな目にあわなきゃいけないの、と腹が立つのと同時に、行き場のない悲しみが私にまとわりつく。
　床に散らばった画びょうを見ても拾おうなんて思えなくて、私はそのまま教室に向かうことにした。
　廊下を歩くだけで感じる視線。
　ただ単に、私が神経質になりすぎてるだけなのかもしれないけど。
　教室のドアを開ける。
　なぜか今日は廊下で壁が待ちぶせしてなかったから、すんなりと入れた。

珍しいな……遅刻？　休み？　ま、なんだっていいけど。
「残念だったね、今日も私が来て」
　あきらかに私の登場に顔をしかめたクラスの女子に言う。
　このクラスでは派手な５人グループ。
　たしか、西条さんがリーダー的存在だっけ？
　教科書のことや上靴。
　クラスの女子の中で、私に近付くなという雰囲気を作ったのが、こいつらだって証拠はないけど。
「あ、柳瀬さん。おはよ、今日もかわいいね」
　後ろから市原くんの声がした。
　彼のそのセリフに、西条さんたちの表情がさらに険しくなる。
　市原くんが私に話しかけたのが、気に入らないんだ。
　大好きな市原くんがふり向かないからって、私に当たらないでほしい。
　まあ犯人って証拠はないないけど、可能性はかなりある。
　私はそんな市原くんの挨拶に、悪いと思いながらも、返事することなく席へと向かう。
　「市原くんを無視するなんて何様？」なんて声が他の女子グループから聞こえた。
　何、それ。
　返事したら返事したで文句言うくせに。
　自分が話しかける勇気がないからって、ひがみ？
「あー、もうイライラする！　ほんとになんなの!?」
　思わずそう口にして、バンと勢いよく机に鞄を投げつける。

叫ぶ声も、投げた腕も、少しだけ震えていた。
　それはきっと怒りからくるものだけじゃなくて、たったひとりで立ち向かうことが純粋に怖いから。
　だけどそれがバレないように、必死で強くいようと見栄を張る。
　好都合なことに、今までおとなしくしていた私の突然の行動に驚くクラスメートは、私が震えているのに気付かない。
　クラス一丸となってコソコソ嫌がらせをしてるくせに、何をそんなに恐れてるの。
　あんたたちには何人も仲間がいるじゃん。
　筆箱隠したり、体操服隠したり、やることが幼稚なのよ。
　でも、これも全部全部……。
「柳瀬さん、どうかした？」
　このせいだって言うのなら。
　市原くんが私と関わることが原因なら、私は彼を突き放すしかない。
「迷惑だから、話しかけてこないで」
　それでみんなは納得するんでしょ？
　そしたら、全部終わるんでしょ？
　だったら市原くんには申し訳ないけど、私は逃げたい。今の状況から……。
　私の冷たい声と視線に身動きが取れなくなった市原くん。
　その表情に胸が痛んで思わず目をそらした。
　心配してくれてる人をわざと傷つけるのは好きじゃない。
　けど、私にはこの選択肢しかないから。

誰も口を開かず、怯（おび）えるように私を見るクラスメートに目を向けながら自分の席へと向かう。
　みんなはこんなふうに私が市原くんに接することを望んでたんじゃないの？
　関わってなんかほしくなかったんでしょ？
　机の中を漁（あさ）れば、今日も出てくる大量の紙くず。
「どうしたら私の机がゴミ箱に見えるの？　眼科行った方がいいんじゃない!?」
　いつもは言い返さずにゴミ箱に捨てていたけど、今日はここまできたら強気でいるしかない。
　あきらかに向こうが動揺してるのがわかる。
　──がんばれ、自分。
　ひたすら心の中で繰り返し、逃げたいと思う臆病な自分に言い聞かせる。
　机の中から紙くずをひとつずつ手にして、投げていく。
　ポーン、ポーンと飛んでいく紙くずは、とても軽い。
　けどクラスメートたちに言いたい。
　こんなちっぽけで軽いものでも積み重ねれば、十分人を追い込めるんだっていうことを。
「なんでみんな黙ってるの？　何か喋ってよ」
　だけどそんな私の言葉に口を開いたのは、
「柳瀬さん……っ」
　何か言わなきゃと思うのに、なんて言ったらいいのかわからず戸惑う市原くん。
　今はこの状況をややこしくしたくないから、今は黙って

てほしい。
　傷つけずに彼の言葉を遮る方法があるなら教えてほしい。
　けど、私の頭では到底思いつかないから、こうやって拒絶するしかない。
「悪いけど、市原くんの言うことは今、聞きたくないの」
「……でもっ！」
　それでもまだ言葉を紡ごうとする彼に、仕方なく私は一番言いたくなかった、残酷なことを告げる。
「……誰のせいでこうなったと思ってるの？」
「……え」
　再び動きをとめた彼を見て、私は無言で教室を後にした。
　その時の私の身体は、教室にいた時よりもずっと震えていて。
　……ごめんね、市原くん。
　口にすることができない思いを、そっと心の中でつぶやいた。

ふたりの優しさ

「なんで、さっきから黙ってついてくるわけ？」
　廊下を歩いて、屋上へと向かう階段の途中。
　隠れてるつもりの壁に声をかける。
「バレてた？」
「バレバレ。教室のも見てたんでしょ？」
「助けようかとも思ったけど、芽依ちゃんがあまりにもカッコよくて見とれてたの」
「……意味不明」
　ふり返ると、てへっと笑う壁がいた。
「一緒にいたくないから、教室に戻ってよ」
「俺は、一緒にいたい」
「だから私は──」
「それは、俺が嫌いだから？　それともいじめがヒートアップしてほしくないから？」
　真っ直ぐな瞳が嘘をつかせないと言ってるようで。
　何よ、わかってるんじゃん。
「そんなの、どっちもに決まってるでしょ」
「……じゃあ、仕方がない。近野がいてあげて」
「千春……？」
　壁の後ろから現れた千春。
　壁が大きくて、すっぽりと隠れて気付かなかった。
　けど、うつむいていて表情がわからない。

「じゃあ、俺はおとなしく教室に戻りまーす」
　そう言うとヒラヒラと手を振りながら来た道を戻っていった。
　残された私と千春。
　喋る気配どころか動く気配すらない。
　気まずい空気が私たちを包む。
「屋上……行く？」
「……うん」
　とりあえず返事が返ってきたことに安心して、私は階段を上り始める。
　何かあったら言ってと言われてたけど、私は黙ってたわけで。
　私が悪いのは確実で。
　だけど、言えるわけないじゃん。
　迷惑かけたくないもん、巻き込みたくないもん。
　それは、千春のことが大切だから。

　屋上に着き、とりあえずいつも昼食を食べる位置に座る。
　すると、目の前に千春も座った。
　鳴り響くホームルーム開始のチャイム。
「ふたりでサボるのって初めてだね」
「何かあったら言ってって、言ったのに」
「うん、言った。でも……」
「でも、じゃありません！」
「……はい」

千春の言葉に身体を小さくして、うつむく。
「芽依からしたら迷惑かけたくないとか思ってるかもだけど、私からしたら、私って頼りないのかなって不安になる……！」

『――俺って、そんなに頼りないかな』

　壁の言葉が頭をよぎる。
　迷惑かけたくないって思って、私が黙ってるのはまわりを苦しめてるだけなのかも。
　頼られないことによる無力感、情けなさに悔しさ。
　まあ壁に至っては信用してないってのは嘘じゃないんだけどね。
　どうしても過去のトラウマが、私から男という存在を遠ざける。
「ごめんね、千春……」
「ううん……。言いにくいもんね。私も芽依の立場だったら言えるかわかんないもん」
　顔を上げて、今日彼女が初めて浮かべた笑顔は、とてもぎこちなくて胸がしめつけられた。
　すぐ近くにいるのに、なんだか遠い。
「あ、芽依に渡すものがあるの」
「渡すもの？」
　そう言って鞄を漁り始めて、千春がガシャガシャとビニールの音をたてながら取り出したのは、

「何、それ…？」
　大きめの分厚い袋。
　てか絶対これ重たかったでしょ。
　千春みたいな小さな体でよく持ってこれたね。
　なんて驚きつつ感心していたら
「んー、なんだろうね？」
「……はい？」
　なんだろうねって……。知らないの？
　え、これって千春からじゃないの？
「持田からだよ」
　まるで私の心を読んだかのようなタイミング。え、千春ってエスパー？
　そんなバカなことを考えながら袋の中をのぞいてみる。
「……バレてたんだ」
　いつからバレてたんだろう。
　袋の中から1冊取り出す。
「教科書？」
「だね」
　なんでと不思議そうな千春。
　壁は気付いてたんだ、私の数学の教科書が落書きされて使い物にならないこと。
　でも、嫌がらせされないように、教科書類は必要最低限持ってきて、学校では常にロッカーに入れてちゃんと鍵をかけてた。
　だから、あれ以来されることはなかったけど。

念のためなのか、袋の中には5冊以上は確実に教科書が入ってる。
「これって、いくらするんだろう……」
　たしか、結構高いよね。
　お金払わなきゃ。
　そんなにお小遣い残ってないけど、足りるかな？
　しばらく買い物とか控えよう。
「持田からなんだから、プレゼントでしょ。お金払う必要ないと思うよ？」
「え、ダメでしょ」
　飴とかチョコじゃないんだから。
　そんなの申し訳ないし、壁になんか頼りたくない。
「律儀だねー、さすが芽依。タダでもらっちゃえばいいのに」
「じゃあさ、千春。これが私から千春にだったらどうする？」
「もちろんタダでもらうよ？」
「……ですよね」
　第一、払うだなんて言われても、私受け取らないや。
　でも、これは払わなきゃ！
　千春とちがって、壁とは親友っていう間柄じゃないし。
「教室戻ろっか」
「えー、まだここに居ようよ〜」
　早くしないと1時間目、始まっちゃうじゃん。
「千春、また赤点取るつもり？」
　にっこりと微笑んでそう言ってみせると、にこりと微笑

み返された。
　やっぱかわいいな、千春。
「もう教えてあげないから、ひとりで勝手に勉強してね」
　そのまま笑顔でそう言うと、ガクンと突然うなだれた千春。
「芽依の意地悪！　鬼！」
「もう私、先に行くからね！」
　そう言って私は先に屋上を後にしたから、あのあと千春がどんな顔で、何を思っていたのかなんて知るよしもない。
「強いよ、芽依は。私たちがもっと強ければ……。あの時、ちがう守り方ができたのかな？」
　何を隠すのが、何を告げるのが。幸せなのか、相手のためなのか。
　私たちにはまだわからなかったんだ。

第3章
冷たいあいつ

あいつの心が見えません

「……何、これ」
　一体、何が起きてるんだろう。
　どうして、こんなことが起きてるんだろう。
　教室に戻る途中、3階廊下で見えた人だかり。
　ふと、知ってる声が聞こえてきて「すみません」と人をかきわけて中の様子をのぞいた。
　そこまでは、よかったんだ。
　だけど、そこにいたのは——。
「それが、どんだけ困らせることになるのか、てめぇはわかってんのかよ!!」
「やめろって言ってるだろ！」
　怒りをあらわにしながら市原くんに馬乗りになっている、壁。
　そんな壁を取り押さえようとする、男教師。
　殴られたのだろうか、市原くんの頬は赤く腫れ上がってるように見える。
　壁に胸元をつかまれて、その視線はどこを見ているのかわからない。
　ただ、ひどく悲しそうな顔をしているように感じる。
　どうしていいかわからず、その光景をただ見ていたら、
「……柳瀬、さん」
　市原くんの瞳が、私をとらえて揺れた。

私の名前が聞こえた瞬間、壁の手元が緩む。
「芽依ちゃん……」
　あきらかに困った顔をして、私に目を向けた。
　……どうして、ふたりとも。
　そんな目で私を見るの？
　そんな切ない声で私を呼ぶの？
　動くことも声を発することもできない。
　すると、先に視線をそらしたのは、ふたりの方だった。
「来い、持田！」
「市原、大丈夫か？」
　騒然としていた廊下が、私の登場によって静かになった。
　そのすきに、教師たちが壁を市原くんから引き離す。
　そして、そのまま壁は教師たちによってどこかに連れていかれて、市原くんは保健室に運ばれていく。
　人だかりは次第に消えていき、そこにひとりぼっちの私だけが残る。
　1時間目前の、ほんの数分のうちに起った出来事。
「芽依、こんなところでどうしたの？」
　やがて千春が追いついてくる。
　追いつかないのは私の頭だけ。
　ふと、騒動が目の前で起きてたクラスの生徒のつぶやきが聞こえてきた。
「他校と頻繁にケンカしてたらしいし、いつかやらかすと思ってたよ」
「これだから不良ってヤダよね〜」

「市原くんの顔に傷が残ったらどうしてくれんのかな?」
　普段はカッコいいとか騒いでたくせに、なんていう手の返しようなんだろう。
　女も十分、怖い。
「ねえ、市原って……っ」
　千春にも聞こえたんだろう。
　目を見開いて、尋ねてくる。
「ねえ、芽依……?」
　ねえ、千春。
　何があったのかな?
　なんで、どうして
「壁が……持田が、市原くんを殴ったみたい」
　なぜ彼は、市原くんを傷つけたんだろう。
　どうして同時に自分もひどく傷ついてたんだろう。
「なんで……っ」
「さあ、わかんないよ……」
　わかるわけない。
　だって私、何も知らないもん。
　ふたりとも好きだって言ってくれてたのに、私はふたりのこと、うわべだけしか知らない。
　理由を、まわりの人のうわべだけの言葉で説明するとするなら……。
「壁が不良だから?　……でも」
「でも?」
「あいつのことぜんぜん知らないけど、私が知ってる壁は、

理由もなく人を殴ったりしないと思う。たぶん」
　根拠も自信もないけれど、不思議とそう思う。
「芽依……」
「でも、これで壁が一方的だったら……。壁を軽蔑する」
　壁を信じたいとか、そう言うことじゃない。
　男なんて信じてないもん。
　私はただ、自分を信じたいんだ。
　自分自身が見てきた、彼を。
「今はとりあえず教室に戻ってさ、持田が教室に帰ってきたら話を聞いてみよ？　ね？」
　私の手を握り、そう言った千春にうなずく。
　そうだよね、聞けばいいんだよね。
　そしたら、きっと教えてくれるよね。
　ねえ、壁。何か理由があったんでしょ？
　壁なんて好きじゃない。むしろ嫌い。
　だけど今日だけは、今回だけは、私はあんたはそんな人じゃないって信じたい。
　勝手だなって思うけど、なんの理由もなく誰かを殴る人だなんて、どうしても思えないんだ。
「あー、1時間目始まってるから怒られちゃうかな？」
　教室へと歩き始め、肩をすくめながら笑う千春に、私も笑顔を作る。
「かもね、でも千春とだから平気」
　笑ってないと、余計なことを考えそうで怖かった。
　いつ終わるのかわからない嫌がらせ、啖呵を切って出た

教室、壁が市原くんを殴ったこと。

浮かぶ不安や悩みに押しつぶされそうだった。

教室に向かう足取りは重すぎて、早くあいつに理由を聞いて少しでもこのモヤモヤを晴らしたいと思った。
「大丈夫。絶対何か理由があるんだよ」

そんな私に気付いたのか千春はそう言って優しく笑う。
「あいつ頭おかしいけど、芽依を悲しませたり傷つけることはしないと思うしさ」

「そうでしょ？」と言いながら笑う千春に泣きたくなる。

大丈夫、私はひとりじゃないんだから。

何も言わなくてもわかってくれて、こうやって励（はげ）ましてくれる大切な親友がいる。

それだけで、十分だよ。

教室に戻り、怒られる覚悟（かくご）をしていたけど、あのことがあったからなのか、先生は「早く席に座って」とだけしか言わなかった。

なんだか拍子抜（ひょうし）けしたけど、言われるがままに席に着いた。

あちらこちらから視線を感じて、教室を見渡すと、みんな慌てて黒板へと視線を戻す。

それはさっきのことがあって怯えているのかとも思えたけど、壁を怒らせると怖いってわかっていたのに嫌がらせをしてきた図太い人たちだし、この程度のことで終わらせるなんて考え難い。

隣の空席に目を向ける。

見た目はあきらかに不良のくせに、いつも壁はこの席に

座って、ちゃんと授業を受けてた。
　ドラマや少女漫画でよく見る屋上で昼寝してサボる、みたいなことは彼はしない。
『芽依ちゃんが教室にいるのに、なんで屋上に行かなきゃいけないわけ？』
　いつかそんなことを言ってた気がする。
　……なんで、殴ったんだろう。
　考えてもわかるはずがないけど、頭の中はそのことでいっぱいで授業どころじゃない。
　市原くんに馬乗りになって叫ぶ壁は、怒っているようにも見えたし、辛そうにも見えた。
　やっぱり、朝一番の私の言動が何か関係してるのかな。
　でも、市原くんが殴られるほどのことがあった？
　たしかに、今回の嫌がらせが始まったことに関しては市原くんに原因があるけど、それは壁も同じで。
　市原くんが一方的に殴られる理由にはならない。
　それにふたりから向けられた、あの視線。
　困ったようなあの瞳は、ただ単に殴られているところを、そして殴っているところを見られたから？
　……あぁ、ダメ。
　何もわからない、お手上げだ。
　やっぱり壁が教室に戻ってくるのを待つしかないみたい。
　けど、どれくらいかかるんだろう。

　結局、壁が戻ってきたのは昼休みが始まって少し経った頃。

いつもは屋上で食べる昼食だけど、今日は壁が戻ってきたのがすぐわかるように、教室で食べることにした。
　突然、勢いよく開いたドアにクラスメートの視線が一斉に集まった。
　そこにはあきらかに機嫌の悪い壁が立っていて、みんな慌てて目をそらしていく。
「……ほら、芽依」
　千春が私に行けと合図をするけど、今の壁に話しかけるのは気が引ける。
　でも、聞かないとモヤモヤは晴れないし、私は真実を知りたい。
　立ち上がり、一歩一歩近付いて、横を通る時に、なるべくまわりに聞こえないように小さな声で言った。
「聞きたいことがあるの。ついてきて」
　壁は返事はしなかったけど、ちゃんと私の後ろをついてきてくれた。
　私は、そのまま屋上へと向かった。
　屋上に着くと、壁はいつも昼食を食べる定位置に座った。
　聞きたいことはあるのに、私はなんてそれを言葉にしていいかわからなくて、言葉を発することができず、とりあえず壁の隣にあった椅子に座った。
「芽依ちゃん」
　いつもより低い声が、私を呼んだ。
　視線を向けると、思いっきり目があった。
　だけどその視線が、あまりにゆらゆら揺れて戸惑う。

「どうしたの……？」
　まるで別人みたいだよ。
　壁が突然立ち上がって、私の前にしゃがむ。
　椅子に座る私の方が高くて、赤い髪からのぞく瞳に見上げられて違和感がある。
「珍しい。この距離に来ても、怒らないんだ」
「話をそらさないで」
　そう言うと、困ったような表情を浮かべる壁。
「殴ったの？　市原くんのこと」
「もし、そうだったら。そうだったら、芽依ちゃんはどうするの？　……嫌いになる？　俺のこと」
「嫌いになるって、私は……」
「あぁ、俺のことなんて嫌いだったね。ごめん」
「……っ」
　何も言えなくなる。
　そんな目で見られたら、そんな辛そうな声で、そんなこと言われたらどうしていいかわからなくなる。
　いつもとちがいすぎて調子が狂う。
「いつも男なんて嫌いだって、俺のことも嫌いだって言うくせに。それなのに、俺を心配してるみたいな素振り、取らないでよ」
「私は……っ」
「その優しさは、残酷だよ」
　残酷。
　その言葉に動けなくなった私が、彼の黒い瞳に映る。

深くまばたきをした、彼の仕草に目を奪われて。
「──欲しくなるんだよ、無理矢理にでも」
　そんな彼の声を聞いたのと、甘い香りが鼻をかすめたのはどっちが先だったんだろう。
「芽依ちゃん」
　抱きしめられてる。
　そう気付いたのは、いつもより甘い声が鼓膜を震わせた瞬間。
　耳元でささやかれる自分の名前。
　私を包む温もり。
　無理矢理のこの行為は、壁を意識するどころか、逆効果。
「嫌……っ！」

『──好きだよ、芽依』

　私にどうしようもなく彼の記憶を思い出させる。
　胸を押すと、彼はいとも簡単に離れた。
　無言が続く。
　何この空気、気まずいにもほどがある。
　でも、壁が悪いんだもん。
　今まで抱きつこうとしてきたことはあるけど、ほんとに抱きついてきたことはなかった。
　壁はいつだって、一線を越えてこなかったんだ。
　いや、私が阻止してただけなのかもしれないけど。
　でも、普通に考えて男の力なんかに敵うわけがない。

そう考えると、それは彼なりの優しさだったのかもしれない。
　てか、私なんでこんな奴の肩を持つようなこと考えてるんだろう……！
「俺は、守るから」
　突然、発された言葉。
　だけど、長めの前髪が邪魔をして壁の表情がわからない。
　だけど、その声は今までのとはちがっていて。
「たとえ芽依ちゃんが俺を嫌いでも、信用してなくてもかまわない。俺は何を犠牲にしてでも芽依ちゃんを守るよ。それだけは、覚えておいて」
　決して揺らぐことのない強い意思のようなものを感じて、顔を上げた。
　どこか晴れ晴れとした彼の目には、戸惑いに満ちた私が映っていた。
　彼はどうして、こんなにも真っ直ぐなんだろう。
　どうして、私なんかをそんなふうに想ってくれるんだろう。
　だけどやっぱり、こんな彼の感情さえも、いつかはなくなってしまうのかな。
「何を犠牲にって……。大げさな」
「かもね。でも俺にはそれだけの覚悟がある。中途半端な思いじゃないってこと。俺にとって一番大事なのは芽依ちゃんが幸せでいることだから」
　こんなに真っ直ぐぶつかってこられたことなんて、あっただろうか。

関わりを避けてきた私。そんな壁をぶち壊そうなんてしてきた相手、いただろうか。
　いなかった、確実に。
　だけど、私の幸せを願うなら、私なんてほっといてよ。
「だったら、関わんないでよ……」
　そしたら嫌がらせなんて受けずに済むんだよ。
「いくら芽依ちゃんのお願いでも、それは聞けない」
「なんでよ……！」
「好きだから。それ以外に理由が必要？」
　……ずるい。
　とっても、とっても、彼はずるい。
「ほら、そろそろ授業に戻りな。芽依ちゃん」
　そう言うと立ち上がって、初めに座っていたところへと戻っていく。
「まだ、私の質問に答えてない！」
「どっちがいい？　なんて、殴ってたら謹慎くらって俺を見ずに済んだもんな。そっちの方がいいか」
　なんで、そんな言い方。
　いつもみたいなふざけた口調で話してよ。
　傷ついた素振りなんて見せない、壁でいてよ。
「殴ったんなら、理由を聞く」
「理由なんて、なかったら？」
「ある！」
　絶対に、あるはず。
　じゃないと、そんなに悲しそうに笑わないでしょ？

「やっぱり、芽依ちゃんは残酷だ」
「…………」
「教えてあーげない。まあ芽依ちゃんが俺を好きだって言うなら考えてあげてもいいけど？」
　無理矢理作り上げる、いつものキャラはむなしいだけ。
「なら、市原くんに聞くからいい」
「あいつには近付くな」
　いつもなら、「芽依ちゃんひどーい」とか言うのに。
　いつものキャラを作りきれていない。ツメが甘いよ。
「あいつじゃ芽依ちゃんを守りきれない。それどころか余計傷つけるだけだ」
「なんで……そんなこと」
「似てるから、前の俺に」
　……似てる？
　市原くんが、壁に？
「つまんない冗談やめてよ」
「冗談なんかじゃないよ」
　壁の目は真剣で、とてもふざけてるようには見えない。
　だけど、どう考えたって似てないでしょ。
「ちっぽけな安っぽい正義、ふりまわして。それで守った気になって。自分自身が一番大切な人を追い詰めて、最後は壊すんだ」
「どうしたの……急に」
　淡々(たんたん)と話す彼の心情がわからない。
　何を考えてるのかがわからない。

「だから、傷つく前に離れてよ。お願いだから」
「なんで……」
「男なんて嫌いだろ？　だったらひとり突き放すくらい簡単じゃん。今朝みたいにやればいいんだから」
「ちがう、そうじゃなくて」
　なんで、市原くんを突き放すの？
　そういうことじゃない。
　私が言いたいのは……。
「……なんで、そんなに泣きそうなの？」
　ふざけてるくせに、ヘラヘラしてるくせに、チャラチャラしてるくせに、時々、すごく辛そうな顔をする。
　儚(はかな)くて、危なげな……。
　何を背負ってるの？
「……話したら、芽依ちゃんは俺の過去を半分でも背負ってくれるの？」
　そう言うと自嘲するような薄(うす)ら笑いを浮かべる。
「嫌いな男の？　何それ、お人好しにもほどがあるでしょ。それとも、何？　うっとうしいから弱味でも握ってやろうって？」
「ちが……っ！」
「もういいから教室戻ってよ、てか戻れよ」
　普段ぶつけられることのない強い言葉に、返す言葉が見つからない。
「戻れって言ったの、聞こえなかった？」
「……戻ればいいんでしょ！」

わからない、自分も壁も。
何がしたいのか、何を思ってるのか。
立ち上がって、屋上を飛び出す。
結局、市原くんとのことはわからなかった。
それどころか、教科書のお礼すら言えなかった。
結局私は、何をしに行ったんだろう。
ただ、傷つけて、傷ついて。
壁の冷たい顔が、頭から離れなかった。

相変わらず、冷たいあいつ

「今日から７月！　もうすぐ夏休みだね、芽依！」
　学校へ向かう途中、千春が言った。
　７月といってもまだ梅雨なわけで、湿気が多くてジメジメする。
　気分が晴れない。
　だけど理由はきっと、それだけじゃなくて。
「最近、持田、つきまとわなくなったね」
　何気なく、隣で千春がつぶやいた。
　市原くんが「殴られてない」と主張を続けたらしく壁の停学はなかった。
　だけど、あれ以来、まったく私に近付かなくなった。
「バカの相手しなくていいと楽だね」
「私の芽依に近付く奴が減ってよかった！」
　笑いながら、下駄箱へと向かう。
　そう、よかったんだ。
　よかったはずなんだ。
「何これ……」
「ん、芽依。どうかした？　あ……っ‼」
　なのに、どうして嫌がらせは終わらないんだろうか。
　それどころか、ヒートアップしてる。
　切りきざまれた、上靴。
　それはもう原型をとどめていなくて。

「ねえ、これやっぱり先生に言った方がいいよ……！　だって、持田の事件からどんどんひどくなってない!?」

あれから、3日。

壁とは関わってないのに。

もちろん、市原くんとも。

なのに、なんで。

どうして私は狙われてるの？

「芽依は気にしすぎだって言ったけど、この間の花瓶も、芽依を狙ったんだよ！」

昼休み。中庭を歩いていたら落ちてきた花瓶。

『芽依、危ないっ！』

あのときは千春の声で気付いて、避けられたから無事だったけど。

「いたずら電話が多いのだって、たまたまじゃないよ！」

私たちの話す内容に、通りすぎる生徒たちはチラチラとこちらに視線を向けてくる。

「ねえ、芽依……あっ」

突然途絶えた千春の言葉。

その直後に、私の下駄箱へと伸ばされた手。

「ちょっと、持田！　どうにかしてよ、コレ！」

そこには朝だというのに、不機嫌オーラ全開の壁。

「愛しの芽依が困ってるのよー！」と言葉を続ける千春を無視して、壁は私の上靴だったはずのそれを手に取り、ながめる。

「ひ、ひどいよね。ほんと」

はは、と笑ってみるけど反応なし。
　あー、そうですか無視ですか。
　いつから私は無視される立場になっちゃったんですか。
「もう、返して！」
　腹が立って、奪い返そうとするけどヒョイと避けるように腕を上げられる。
　そして「コレ、いるの？」という視線を送ってくる。
「履くものないんだから仕方がないでしょ！」
　奪おうと自棄になってみるけど、背の高い壁から奪えるはずなんてない。
「……あっそ」
　冷たい声が降ってきたかと思うと、同時に足元にも何か降ってきた。
　見ると、突然返ってきたそれは上靴だったもので。
　奪い返そうとしてたくせに、いざ返ってくるとただのゴミで、必要性を感じない。
「……あ、ちょっ、逃げんな持田っ！」
　上靴を返した後、壁はそのまま無言で教室へと向かっていく。
　千春の怒った声にも、一度もふり返ることはなかった。
　冷たくするなら、すればいい。
　別に壁に冷たくされたって、悲しくない。
　だけど、そうなら。
　最後までちゃんと、貫いてほしい。
「……バカ」

その優しさは、残酷だ。
　この間、壁が言ってた意味が少しだけ、わかった気がした。
　とりあえず鞄を教室に置いて、売店に上靴を買いにいこう。
　そう思って、教室へ向かうと、机の上に不自然に置かれた袋を見つけた。
　中なんて、見なくてもわかる。
　誰かからなんて、考えなくてもわかる。
「芽依、貢がれてるね〜。あいつはなんで急に素直じゃなくなったのよ」
　呆れたように、千春が笑う。
　何がしたいのよ。
　押してダメなら引いてみろっていうわけ？
　袋から、出てきたのはやっぱり、上靴。
　サイズを見るとピッタリで……。
　あぁ、きっとさっきだ。さっき壁はサイズを見てたんだ。
　教室の方に向かったと思ってのに。売店は真逆なのに。
　素直じゃない。ほんと、かわいくない。
　いや、いつもかわいくはないけど。
　席に着く。
　机の中をのぞけば、空っぽ。
　まさかと思って、ゴミ箱を見にいくと、案の定そこには毎朝、机の中に入れられていたと思われる紙くずが捨てられていた。
　これをやったのも、きっと壁にちがいない。
　壁が何をしたいのか、何を考えているのかわからないよ。

ほんとに。
「あれー、柳瀬さん上靴は?」
　嫌みたっぷりな口調で私の前に現れたのは、女王気取りの西条さん。
　わざわざ、上靴のことを聞いてきたんだから犯人はきっと彼女なんだろう。
　ニヤニヤと不気味な笑みを浮かべ、今か今かと私の返事を待っている。
「え、上靴ならここにあるよ?」
　なので、彼女に負けないほどの笑みを浮かべて、机の上に置かれた上靴の入った袋を指差す。
　そのまま西条さんの返事を待っていたけど、彼女は返事をすることなく自分の席へと戻っていってしまった。
　恐らく期待していた反応とちがって、おもしろくなかったんだろうな。

「芽依に嫌がらせしてなんになるんだろう。市原くんがふりむくわけでもないのにバカみたいだよね」
　昼休み。
　売店に行こうと誘おうとした時、千春が机にうつぶせになりながら吐き捨てるように言った。
　まあ、たしかにそうなんだけどね。
　千春が言いたいことはわかるし、私だってそう思う。
　でも市原くんに何か言われて嫌われたくないから、私を攻撃するっていうのはわからなくもない。

だからと言って許せないけどね。
「もうさ、その話はいいから売店行こう?」
　無理矢理会話を終わらせ、彼女の腕を引いて教室を出ようとするけど。
「裏でコソコソやるって、どんだけ卑怯なわけ」
　千春は何か言わないと気が済まなかったみたいで、別に誰に言うわけでもなく、ぽつりとつぶやいた。
　そんな彼女の言葉に西条さんはどんな顔をしてるのかなと思って、チラッと目を向けて見ると一瞬だけ目が合った。
　でも、すぐにそらされて、西条さんは近くにいた友達と話し始めた。
　それは自分のことだと思ってないからなのか、心当たりがあるからなのか。
「うーん、何買おうかな」
　廊下を歩きながら考える千春の横で、まわりからの視線が気になる私は、キョロキョロと辺りを見渡しながら歩いていた。
「ねえ、芽依は何買うー?」
「……あ」
　千春が私に話しかけてきたその時、私は見覚えのある姿を見つけた。
「ちょっと、芽依どこ行くの?　売店は!?」
「ごめん。千春、先行ってて!!」
　突然駆け出した私を、千春が呼びとめる。
　だけど、私はそれに対して理由を告げることなく、廊下

を駆け抜ける。
　　ごめん、千春。
　　だけど今は追いかけなきゃいけないの。
　　まだ、あいつに伝えてないことがあるから。

私のせいなの？

「……いい加減にしてよ！」
　ひとつの背中を追いかけて、廊下を走って、階段を上って。
　だけど、何度呼びかけても、ふり返らない。
　耐えられなくなって、4階に差しかかろうとした時に、思わずそう叫んだ。
　人目を気にして避けたり、あまり話しかけないようにしてたけど、今はそんなことどうだってよかった。
「壁っ！　ねえ、聞こえてるんでしょ!?」
「……俺が芽依ちゃんの声、聞き逃すわけないでしょ？」
「じゃあ、なんで無視するのよ！」
　聞こえてるなら、立ちどまってくれたっていいじゃない。
　苛立ちをそのままぶつけるように、私は叫んだ。
「……勝手だね」
　返ってきたのは、まるで呆れたような冷たい声。
　壁は、私の方へとふり返り、ひとつため息をついて、階段の手すりに寄りかかる。
「自分が無視するのはいいのに、俺は無視しちゃダメなんだ」
「……っ」
「俺のことバカにしてるの？」
「ちがう……っ！」
　淡々と話す壁の顔は無表情で、彼の感情を読み取ること

ができない。
　この前の屋上の時と一緒。
　冷めた視線に、冷たい言葉。
　ただ否定するしかなかった。
　ちがう。こんなふうに言い合いをしたくて追いかけたわけじゃないのに。
　伝えたいことが、あるからなのに。
「午前中、ずっと教室にいなかったでしょ？」
「……それが？」
「だから、言いたいことがあるのに言えなかったから……。さっき姿を見つけて追いかけてきたの」
「……言いたいこと？」
「今朝、上靴買って、私の机の上に置いてくれたでしょ？」
　私がそう言うと、赤い髪の奥にある瞳が、かすかに色を変えたのが下から見ていてもわかった。
「俺じゃないよ」
　ただ、なぜか彼は否定する。
　理由はわからないけど。
「なんでそんな嘘つくのよ」
「何を根拠にそんなこと言ってるわけ？」
　……根拠、か。
「気付いてくれたから」
「……え？」
　気付いてくれた、わかってくれた。
　何も言わなくても、見抜いてくれた。

「壁は……。ううん、持田は。いつだって私のことを見てて、わかってくれてたから」
「ずいぶんな自信だね」
「かもね。でも私の上靴のサイズをぴったり当てられる人なんて、あんただけだと思うから」
　バカにするように、冷たくそう言った壁ににっこりと微笑んで、罠をしかける。
「それは今朝、見たからで……っ！」
　見事に罠にはまった壁は、その言葉を口にしてから気付いたのだろう。
　バツが悪そうに、目をそらした。
「へー、朝サイズを見たからぴったりだったんだね。誰が？」
「……知らない」
　この期に及んでも、知らないで突き通そうっていうんだ。
　目を合わせたら、動揺してることがバレると思っているのか、さっきから目を合わせようとしない。
　だけど、そのさまよう視線が、かえって不自然だということに気付いてないのだろうか。
「ありがとね、持田。この間の教科書も、今日の上靴も」
　私は確実に、壁に救われた。
　壁に助けられたって事実は癪だけど、きっと教科書も、上靴もないままだったら、私はこんなに強気でいられなかったから。
　だからね、ほんとに感謝してるんだよ？
「じゃあ、それだけだから」

でも、完全に素直になることができないの。
　無駄な意地張って、バカみたいでしょ？
　だけど、こうやって追いかけてまで、壁に話しかけられたことは、私にとって大きな進歩だとわかってほしい。
　男すべてを完全に拒絶してた、高校入ってすぐの頃に比べたらぜんぜんちがう。
　ウザいほど、まとわりついてた壁ならわかるはず。
　お願い、壁……わかってよ。
「千春が、パン買って待ってるから早く行かなきゃ」
　なんて、ひとり言のように、でも大きな声でつぶやき、壁に背を向けてゆっくりと階段を下り始める。
　だけど、壁はそんな私を引きとめることなんてしない。
　引きとめてほしいわけじゃないから、別にいいんだけどね。
　５段ほど下りたところで、ふり返ってみる。
　だけど見えたのは後ろ姿で。
　なんだか、実際の距離よりも壁がずっと遠くに見えて、私はすぐに前に向き直す。
「何してるんだろ、私ってば」
　なんてつぶやいても、考えてもわかりっこなくて、千春、売店でお昼ご飯買えたかな？なんて別のことを頭に浮かべる。
　……なんだか、千春がたまにうらやましくなる。
　小さくて、細くて、かわいくて。
　守りたいって思わせるタイプ。
　気は強いけど、でもそれって自分をしっかりと持って

るってことだもんね。
「あー、結構時間かかったから、のんびり昼ごはん食べられないなー」
　次、たしか教室移動だったし、準備しなきゃ。
　なんて、呑気なことを考えてて。
　だから私は、気付かなかったんだ。
　すぐそこに迫る影に。
　気付いたときには、すでに手遅れで。
「え……っ」
　ドン、と背中に押されるような感覚がして、視界がぐらりと揺れる。
　自分の身に何が起きてるのか理解するのよりも先に、重力に引き付けられるように身体は落ちていく。
　ぐるぐると回りながら、ダン、ダン、と段差に身体を打ち付けながら落ちていく。
　その度に体が熱を持つ。
　恐怖からか、痛みからか。
　こういう時って、声が出ないものらしい。
　そして、ドンッと大きな音をたてて、回転が止まる。
　一時の静寂が辺りを包み込む。
　そして、状況を理解した人たちが「大丈夫か!?」なんて言いながら、慌てて駆け寄ってくる。
　私は起き上がろうとするけど、身体が動かない。
　身体中が痛い。
　視界がぼんやりとして意識を手放そうとした時。

「──芽依ちゃん！」
　あいつの声が聞こえた気がした。

「……ちゃん、芽依ちゃん…」
　懐かしい声が聞こえる。
「……ん」
　私を現実へと引き戻す。
　ゆっくりと目を開ければ、初めはぼやけていた視界も次第に鮮明になっていって、泣きそうな顔をした壁の顔が見えた。
「芽依ちゃん……っ!!」
　ここは……保健室？
　あれ、私、どうしたんだっけ……。
「階段から落ちたんだよ、覚えてない？」
　戸惑いながら、視線をさまよわせる私を見て、そう教えてくれた壁。
　そうだった。
　私、誰かに押されて、階段から落ちたんだった。
　そして気を失って、ここに運ばれたってわけか。
　だけど、
「なんで、壁が……？」
　先に階段のぼっていってたじゃん。
　なのに、意識を手放す寸前、私はたしかに声を聞いた。
　そして、今ここにいる。
　それに、さっきの冷たい印象とはちがう、いつもの話し

方に戻ってる。
「あー、芽依ちゃんと別れてから後悔しちゃって。俺って『芽依ちゃんバカ』でしょ？」
　……自覚あったんだ。
「わざわざ追いかけてきてくれたのに、あれはなかったかなーって思ってさ。追いかけようと思ったら、ドンッ！ってすごい音がして、慌てて階段を下りたらそこに芽依ちゃんが倒れてたんだ」
「そうだったんだ……」
「ところでさ、なんで階段から落ちたりしたの？」
　真っ直ぐな視線とともに、直球の質問がきた。
　だよね、気になるよね。
　どう考えても、聞かれるよね。
　ただ足を踏みはずした、そう言えば彼は信じるだろうか。
「嘘はなしだよ」
　いや、きっと信じてはくれないよね。
　低くなった声が、真剣な顔が、嘘は許さないと言ってる。
　仕方がない。
　話すしかない。
　心配してくれてるんだもん。
　これ以上、嘘ついたり、だますようなことしちゃダメだよね。
　何度も助けられたのに、失礼だよね。
　真剣に心配してくれる彼に答えようと思って、起き上がる。
「……っ」

でも、階段から落ちた時に頭を打ったんだろう。
それだけの動きでこめかみ付近がズキンと痛む。
「寝てなよ！　起きちゃダメだってば、芽依ちゃん！」
「はは、大丈夫大丈夫」
　そう言う壁に下手くそな笑顔を返す。
「あのね——」
　私が素直に事実を話し始めようとした瞬間。
「芽依！」
「柳瀬さん!!」
　口を開いた私の声をかき消すように保健室のドアが開いて、私を呼ぶふたりの声が聞こえた。
「千春……。市原くんも」
　タイミングがいいのか、悪いのか。
　だけど、ベッドの横で椅子に座る壁が舌打ちをしたから、悪いのだろう。
　たしかに話しにくくなってしまった。
「階段から落ちたって聞いて慌ててきたんだよ！」
　駆けよってきて、座る壁を押し退けて千春が言う。
　千春の瞳には、うっすらと涙が浮かんでいた。
　すごく心配させてしまったのがわかって、胸が痛い。
　最近、千春にはこんな顔させてばっかりだな。
「まあ、無事そうでよかったよ」
　そう言ったのは市原くん。
　彼と話すのは、たしか壁が市原くんと揉めていたあの日以来だ。

「……何が無事そうでよかった、だよ。ふざけんな」
　聞いたこともないほど低く、怒りを含んだ声が聞こえて、その場にいた私たちは一瞬で息をのんだ。
　そして、壁はそのまま真っ直ぐ市原くんの元へと歩いていく。
「も、ちだ……」
　壁は、私の声に足をとめようともしない。
　ずんずんと近付く距離に、あきらかに怒ってる彼に、私も千春も動けず、ただ見ていることしかできない。
　市原くんは、うつむいている。
「芽依ちゃんは、誰かに突き落とされたんだよ」
　私がそう言ったわけではないのに、壁は市原くん相手に、そう断言した。
　うつむいてた顔を上げ、市原くんが言う。
「……柳瀬さん、そうなの？」
　……なんて言えばいいんだろう。
　すぐ隣には不安そうな千春の顔。
　とても嘘なんて通用しそうにない空気だったから、私は黙ってうなずいた。
「……だから、言ったじゃねぇか」
　そう言うと、壁はグッと市原くんの胸ぐらをつかむ。
　とても低くて、冷たい声。
「お前の自己満足な正義が、最終的に大切な人を傷つけるって。この前言ったよな!!」
　私に背を向けるように立つ、彼の顔はわからない。

だけど、このセリフどこかで……。
あぁ、そうだ。屋上だ。
この間、似たようなことを私に言ってたんだ。
「お前に芽依ちゃんのそばにいる資格なんてねぇんだよ」
　吐き捨てるように言って、市原くんをつかむ手を雑に退けた。
「もし芽依ちゃんが大怪我してたら、どうしてたんだよ!!」
　……どうして、私が階段から落ちたのに市原くんが関係してくるの？
　市原くんが言い返すことなく、うつむいているのは、きっと壁が言ってることがまちがってないからなんだろうけど。
　私には、さっぱりわからない。
　だけど、「なんで？」なんて気安く言えるような空気じゃない。
「ちょ……っ、どこ行くの!?」
　突然、何も言わずに保健室を出ていこうとした壁を引きとめる。
「俺の覚悟を、見せに」
　私の声にふり返ると、にこりと微笑みながら、そう言った。
　だけど、どういうこと？
　さっぱりわからない。
　でも、あれこれ思いをめぐらせているうちに、彼は保健室からは出ていってしまっていて、聞くことはできない。
　だから、彼に聞くしかない。
　ちゃんと答えてくれるかはわからないけど。

いや、ちゃんと、話してもらわなきゃ。
「ねえ、市原くん」
　呼びかけると、うつむいてた市原くんは顔を上げて、
「わかってるよ」
　そう言って、無理矢理笑みを浮かべた。
「ちゃんと、話すから。あの日のことも、持田の言葉の意味も」
　切なそうな、でもどこか悔しそうな、そんな声。
　どうして私のまわりの人は、みんな苦しそうなんだろう。
　辛そうなんだろう。
　私のせい？　私が悪いのかな？
　ねえ、誰か教えてよ。

覚悟と決意【市原Side】

　不安げな声に、揺れる瞳。
　そんな、頼りない柳瀬さんの姿は俺の心を揺さぶる。
　理性なんて簡単に吹きとんでしまいそうなほど。
『市原くん』
　名前を呼ばれるだけで、胸が苦しい。
　だけど、俺には彼女に名前を呼ばれる資格なんてない。
　彼女に恋焦がれて、想う資格もないんだ。
　バカでどうしようもない俺になんて。
　誰よりも俺が彼女のことを好きだと思ってた。
　だけど、俺が勝手にそう思ってただけみたいだ。
　なぜなら、わかってしまったから。
　俺より何倍も、彼女のことを真っ直ぐに想ってる奴がいるって。
　そいつの想いとは、覚悟も想いも何もかも次元がちがうんだって。
「ねえ、柳瀬さんは覚えてる？　『誰のせいでこうなったと思ってるの？』って俺に言った日のこと」
　そう聞くと、彼女はゆっくりとうなずいた。
　そう、あの日に思い知らされたんだ。
　彼女にふさわしいのは、俺じゃないって。

　あの日、柳瀬さんが「誰のせいでこうなったと思ってる

の?」なんて言葉を俺に残して、教室を出ていった後、俺は教室にいる奴らに向かって低い声で言った。
「おい、どういうことだよ」
　最初は彼女が言ったことの意味がわからなかったけど、少し時間が経てば理解できた。
　自分が人より整った容姿だということは、自覚していた。
　告白されたことも、何度もある。
　最近、俺が柳瀬さんにアプローチし始めたから、彼女に嫉妬の矛先が向かったんだろう。
　彼女にとっても、俺にとっても迷惑な話。
「どういうことだよって聞いてるんだけど」
　いつもとあきらかに雰囲気がちがう俺に教室が凍りつく。
　床に落ちた、紙くずを拾う。
　……腹が立つ。
　こんなもので彼女を傷つけた奴を。
　さっきの感じからすると、これだけじゃないんだろう。
　このせいだったのか。彼女が最近、俺のことも持田のことも避けていたのは。
　紙くずをグシャッと握りしめる。
　……許せない。
「これやったの、お前?」
　すぐ後ろに立っていた女の顔に、紙くずを握った手を突きつける。
　たしか、西条とかいったっけ?
「お前かって、聞いてんの」

「ど、どうしたの……市原くん」
　上ずった声、泳ぐ視線が怪しい。「どうしたの?」って。
「怒ってる。見てわかんないの?」
　え、バカなわけ?　たしかに派手な身なりしてバカっぽいけど。
「おい、やった奴出てこいよ!」
　そう叫べば、みんな肩を震わせうつむいた。
　みんなが目をそらすのは、やましいことがあるから。
　俺は今まで、みんなに嫌われるのが面倒くさくて、まわりの様子ばっか見て、いつも笑顔でいるようにしてた。
　だからこんな俺なんて見たことがなくて、みんな戸惑ってるんだろう。
　何も言わずに黙り込んでしまったクラスメートに、苛立ちは募るばかりで。
　もう一度、叫ぼうとしたとき、勢いよく教室のドアが開いた。
「ちょっと、来い」
　そこには、ひとりくらいなら簡単に殺せそうなほど、殺気を漂わせた持田がいた。
　その視線は、確実に俺へと向けられていて。
　つまり、その言葉も俺に向けられたもので。
　俺は、西条をにらみつけてから持田の元へと向かった。
　……なんの用だって言うんだよ。
　今じゃなくても別にいいじゃないか。
　今は柳瀬さんのために犯人捕まえて、こんなことやめさ

せなきゃだろ。
「なんだよ、持田」
　持田は呼び出したくせに、何も言わずに廊下をただ歩き続ける。
　そうじゃなくてもイライラしてるのに。
　勘弁してほしい、ほんとに。
「お前さ、犯人見つけてどうすんの？」
「……はぁ？」
　突然、歩みをとめて持田はそう聞いた。
　どうすんのって、そんなの決まってるだろ。
「まさか謝らせて、それで、はい終わり。なんて言わねぇよな、優等生くん」
　……何が言いたいんだよ。
　俺より高い位置にある顔をにらみつける。
「ヒーローぶってんの？　それとも探偵(たんてい)気取り？　それで犯人見つけて、謝らせたら終わると思ってんの？」
　バカにしたような、見下したような、そんな顔をした持田と目が合った。
「そんなんで、終わるわけねーじゃん」
「……は？」
「排除するなら徹底的にやらないと、俺らの目に見えねえところで、もっとひどいことされる可能性だってあるんだぞ？　お前の安っぽい正義のせいで芽依ちゃんがもっと傷ついたら、どうすんの？」
　安っぽいだって？

「……ふざけんな」
　そんなんじゃない。
　彼女への想いは、そんなもんじゃないんだよ。
　お前に何がわかるんだよ。
　初めてなんだよ。こんなにも堂々と、好きだと言える相手に会えたのは。
「だったら、守る。簡単なことじゃないか」
「……どうやって？」
　ほんとさっきから、いちいち突っかかってきてなんなんだよ。
　何が気に入らないって言うんだ。
「何をしてでもだよ」
　どんなことをしたって守る。それだけだ。
「……ふざけんな」
　今度は持田がそのセリフを口にした。
　俺が聞き返そうとした瞬間。
「う……っ！」
　俺の体は吹き飛んで、硬い床へと叩きつけられた。
　殴られたのだろう。頬がヒリヒリと熱を持つ。
　そして俺に言い返す余裕さえ与えずに、馬乗りになってくる。
「簡単に守るなんて言うんじゃねぇ！　何も考えずに突っ走んな！」
　なんの騒ぎかと、教室から生徒達が出てくる。
　だけど、この状況にみんな固まってしまい、誰もとめに

入ることなんてできず、ただながめているだけ。
「守り方をまちがえれば、それは相手を傷つけることになんだよ！ お前、頭いいんだろ!? しっかり考えてから動けよ!!」
　……こいつは、俺がまちがってると言うのか？
「俺は……」
　ようやく口を開いた俺の言葉に、さっきまでの勢いはなくて。
「おい、何やってるんだ！」
　教師たちが慌ててとめに駆け寄ってくる。
「柳瀬さんを守りたい一心で……」
　ただ、それだけなんだ。
　好きだから、守りたい。
　それだけなんだよ。
「俺だってそうだよ！　だけどその感情のままに動けば……それが、どんだけ芽依ちゃんを困らせることになるのか、てめぇはわかってんのかよ!!」
　そう言う持田は泣きそうで、わからなくなる。
　守りたい。それだけじゃダメなのか？
　それじゃ、彼女を守れないのか？
　真っ直ぐな持田の視線に、言葉に耐えられなくなって目をそらせば、
「……柳瀬、さん」
　大好きな彼女が、戸惑いを隠せない顔をして、こっちを見ていた。

「あの日は、わかんなかったんだ。持田の言うこと」
　なんで、守りたいって気持ちだけじゃダメなのか。
　だけどね、柳瀬さん。
　真剣に、真っ直ぐに俺を見る柳瀬さんに微笑む。
「さっき、ようやくわかったんだ」
　好きだけじゃ、守りたいだけじゃ、どうしようもないことがあるって。
　それには、とてつもない覚悟が必要なんだって。
　持田が教えてくれた。
「俺は、柳瀬さんを守れなかった。覚悟が足りなかったんだよ」
「覚悟って……？」

　――ピンポンパーポーン
　持田が保健室から去って、しばらくした後に鳴り響いたチャイム音。
　そして、次に聞こえたのは、無愛想な自己紹介。
「……２年３組、持田 海」
　何をしにいったのかと思ったら……。
　さすが持田。
　やること、ぶっ飛んでるな。
　視線の先の柳瀬さんも、近野さんも、ポカーンとしてる。
「忠告する。よーく聞けよ？　もしこれから先、柳瀬芽依になんらかの危害を加えたら、ぶっ殺す」
　そして、さらにぶっ飛んだこの発言。

「相手が先輩だろうと、教師だろうと関係ねぇ。まあ、安心しろ。一瞬であの世に送ってやるから」
　……何を安心しろって言うんだ。
　物騒にもほどがあるだろ。
「おい、持田！　何をやってる！」
　おぉ、教師登場。あっという間に来たな。
　きっと慌てて来たんだろう。
　そして再びチャイムが鳴り、放送は強制終了。
「……なんだったの？　今の」
　あっけに取られている柳瀬さんがポツリとつぶやく。
　さらに、うんうんと近野さんが激しく同意する。
　うん、俺も。
　てかさ、これってかえって柳瀬さんが目立っちゃうんじゃない？
　でも、たしかにこれじゃ誰も柳瀬さんに嫌がらせしようなんて思わないだろうね。
　手を出したら、持田に何をされるかわかったもんじゃない。
「これで、嫌がらせがなくなるといいね」
　そう言うと、
「そうだね」
　柳瀬さんは、そう言って微笑んでくれた。
　……初めてかもしれない。
　彼女がこんなふうに、自分にだけに笑顔を向けてくれたのなんて。
　俺は、間接的にだけど柳瀬さんに怪我させて、柳瀬さん

をこれ以上、好きでいる資格なんてないかも。なんて思ってたけど。
　やっぱ、無理だよ。
　そんな簡単に、この気持ちは消えてくれそうにないや。
「あと、もうひとつ」
　……あれ。突然また始まった放送。
　声の主はもちろん、持田。
「今まで芽依ちゃんに嫌がらせした犯人、全員わかってるから」
　事実とは思えないハッタリで脅した後、放送は途絶えた。
「ふふ、強力なライバルだな……っ」
　真っ直ぐすぎて、全力すぎて。
　もう、持田ってどんだけ柳瀬さんのこと好きなんだよ。
　今のままの俺なんて敵うわけないって思い知らされる。
　だけど、不思議なんだ。
「なんで市原くん笑ってるの？　壊れたの？」
　不思議と悔しいって思うより、うらやましいって思える。
　そしたらなんか、笑えてきて。
「うん、俺、壊れたかも」
　はは、なんか惚れたわ。
　なんか、同じ男として、俺もこんなふうに、恐れずに堂々と大切な人を守るって断言したい。
　もっともっと、強くなりたいと思う。
　ケンカが強くってことじゃなくて、人として。
「市原くんって、変な人だったんだ」

いや、近野さんには言われたくないな。
「私のまわり、変な人ばっかり……」
　柳瀬さん、うなだれてるし。
　てか、今のって俺も柳瀬さんのまわりの人に含まれてるってことじゃん。
　すっごい嬉しいんだけど。
「俺、柳瀬さんのことあきらめるの、やーめた」
「……え」
　そんな露骨に嫌な顔しないでよ。傷ついちゃう。
「……そう言えばさ。なんで芽依のこと好きになったの？」
　ふと、そう尋ねてきたのは近野さん。
　なんで好きになったのか……。
「俺の名前、知ってる？　……あ、名字じゃなくて、下の名前ね」
　だから、「こいつ何言ってるの？」って感じの目で見ないで、お願いだから。
「……かおる、でしょ？」
　当たり前のように、俺の名前を口にしたのは柳瀬さん。
「そう、薫。小学生の頃とか、女みたいな名前ってよくからかわれてさ。俺、自分の名前が嫌いだったんだ」
　なんでもっと男っぽくてカッコいい名前つけてくれなかったんだよ、って何度も思ってた。
「そう？　私は、きれいな名前だと思うけど」
　ポツリとつぶやいた声は、あの時と同じで。
「はは、やっぱり……」

笑いだした俺を見て、怪訝そうな表情を浮かべる柳瀬さん。
　うん、覚えてないよね。
　1年前の、ほんの一瞬の出来事なんて。
　だけどあの時の俺には、大げさだと思うだろうけど
　世界が変わった気がしたんだ。
「ちょうど1年くらい前に、柳瀬さんと近野さんが話してるの偶然(ぐうぜん)聞いちゃったんだ」

『ねえ、芽依。隣のクラスの莉歩(りほ)ちゃんって市原くんのこと好きらしいよ』
『へー、そうなんだ』
『女の子みたいなきれいな顔してるよねー。名前も薫って女っぽいし』
『……そう？　私は、きれいな名前だと思うけど』

「ずっとコンプレックスだったけど、初めて自分の名前を好きになれたんだ」
　それから、柳瀬さんってどんな人なんだろうって気になり始めたんだ。
　モテるのに誰とも付き合わなくて、それどころか男子とは関わろうとしない柳瀬さんが。
　時々、苦しそうな顔をする彼女の救いになりたかった。
　いつも遠くを見つめる瞳に、映り込みたかった。
　だけど結局何もできないままで、このままじゃダメだと思ったから、告白という強行手段に出たんだ。

無駄じゃなかったかも。
　告白しなきゃ、彼女をこんな目にあわせることもなかったかもって少し後悔してたけど。
「ちょっと名前ほめたくらいで、単純すぎでしょ」
　告白してなかったら、今こんなふうに彼女の笑顔を見れてなかったと思うから。
　持田、悪いけど俺、柳瀬さんのことあきらめないからな。

　そして、そう決めてからの俺の行動は早かった。
　あんな校内放送を聞いたら、誰も柳瀬さんに近付かないと思う。
　けど、女は持田みたいな単純な奴の目をすり抜けて、こそこそ嫌がらせするのも得意だ。念には念を入れたい。
　それに、持田だけが柳瀬さんを守ったという事実が気に入らないしね。
　俺は、柳瀬さんが気付かないように、密かに行動をおこした。
　ただの自己満足かもしれない。
　でも、嫌がらせをとめる決定打になるだろう。
　だからといって、持田みたいに直接的で、真っ向から立ち向かうのは好きじゃない。
　そこで考えたのが、俺にぴったりなこの方法。
　放課後、俺以外の生徒は、帰るか部活に行った後だから、生徒玄関には誰もいない。
　手には、同じ文章が書かれた複数の紙。

【あんたたちが今まで柳瀬さんにやったことはわかってるし、証拠だってある。学校にバレたら、どうなるだろうな。これ以上、下手な嫌がらせしたらすぐわかるし、即刻バラす。今後の行動に気をつけろよ。】

　これを、柳瀬さんに嫌がらせをしていた中心グループの奴らの下駄箱に入れる。
　脅迫？　そんなのじゃない。
　ただの警告だ。
　奴らがやったという証拠なんてあるわけない。
　でもこれくらいのハッタリは通用するだろうし、ここまでのことを書いとかないと効き目がないと思う。
　パソコンとか使って、文字だけじゃ誰からかわからないっていうのは常套手段だけど、俺はそんな手は使わない。
　あえて手書きだ。
　名前は書いてないけど、こんな手紙を送り付けたのは誰だろうと、少し考えれば俺だってことは見当がつくはず。
　自分で言うのもなんだけど、優等生としてそつなく生活してきた俺の、教師からの信頼は絶大だ。
　俺を敵にまわすってことは、持田を敵にまわすのと同じくらい厄介だってことは、ちょっと考えればわかる。
　だから、あえて俺だってことに気付かせた方がいい。
　たとえ、手紙で脅されたと教師にチクったところで、俺が入れたという証拠は薄いし、俺が今までの柳瀬さんへの嫌がらせについて話せば、彼女たちは終わりだ。

まあ、いろいろやってきた犯人の目星なんて、簡単についたけどね。
　クラスの女子に聞くと、みんな嫌がらせの中心グループのメンバーについて簡単に口を割った。
　そして、「私たちは無理矢理付き合わされてただけなんだ」と口をそろえて言った。
　正直、俺からしたらそんなことは屁理屈だ。
　柳瀬さんを助けずに傷つけた時点で、そいつらも同罪なんだし。
　……さて、さっさとコレを入れて帰るか。
　そう思って、ひとつ目の下駄箱に手紙を入れようとした時。
「優等生くんが、そんなことやっていいんですかー？」
　どう考えてもバカにしたような声が、静かだったはずの空間に響いた。
「……まだ学校にいたのかよ」
　ふり返ると、やっぱりそこには派手な赤い髪をして、無駄に整った顔でニヤニヤする持田がいた。
　柳瀬さんが帰ったから、こいつも帰ったんだと勝手に思ってた。
「へぇー、脅迫ねぇ？」
　俺が手に持っていた紙をのぞき込みながら、持田が言う。
　でも、その顔は何を思っているのかさっぱりわからない。
「……警告だよ」
　持田とはちがうやり方で柳瀬さんを守る。
　俺なりのやり方で。

そう思ってやろうとしていたはずなのに、その場を見られるとは、まぬけだ。
　自分のやり方に自信が持てなくなってくる。
「俺には思いつかねーな、絶対」
「……は？」
「いいんじゃね、脅迫まがいの警告。俺の放送とダブルで効果抜群」
　思ってもみなかった持田の反応。
　てっきり持田みたいな真っ直ぐな人間は、こういうやり方が嫌いだと思っていた。
「あんな奴らには、これくらいのことしたっていいと思うぜ？」
　正直これでも足りねーよ、なんて持田が笑う。
　なんだよ、こいつ。
　柳瀬さんの前じゃなくたって、普通に笑えんじゃん。
「俺さ、持田のこと嫌いだけどさ……。案外、いい奴なのかもな」
「はぁ？　案外は余計だろ。てか、別にお前に好かれようとか思ってないし」
　柳瀬さんのこと譲(ゆず)るつもりはないし、やっぱなんかムカつくけど、素直にそう思った。
「てか、俺のよさがわかるなら、お前もそこまで嫌な奴じゃないのかもな」
　かなりの上から目線。
　どこまで自分に自信があるのか、ちょっとしたジョーク

第3章　冷たいあいつ

のつもりなのか、こいつが言うとわからない。
「持田、絶対に友達いないだろ」
「……バーカ。芽依ちゃんがいれば俺は他に何もいらねぇーんだよ」
　怖いくらいに真っ直ぐで全力で、人として強い。
　こんな持田だから、柳瀬さんはこいつに少し心を開いてるんだろうな。
「あのさ、さっさとそれ入れろよ」
「わかってるよ。……で、なんでお前は帰んないんだよ」
　動く気配のない持田を不審に思って言った。
　別に、こいつがこの場に居続ける意味なんてないはずなのに。
「もしさ、この場を見てた奴がなんか言ったら俺のせいにできんじゃん？」
「……は？」
　なんだよ、それ。
　我ながらまぬけな反応だとは思うけど、それくらい意味がわからない。
「お前の字だけど、俺に脅されてやったって言えば教師は信じるよ」
「意味わかんないんだけど」
「優等生くんが脅迫したなんてバレれば将来に響くだろ？俺は別にそんなの、どうだっていいからさ」
　淡々とそんな言葉を並べる持田。
　自分の意思でやってるのに、ヤバい状態に陥（おちい）ったら持田

を利用しろって？
　優しさなのか、バカにしてるのか知らないけど、そんなのお断りだ。
「柳瀬さんを守りたくてやってるのに、そんなズルいことやるわけないだろ」
　きっぱりと断れば、持田は一瞬だけ目を見開いて、笑った。
「合格だよ、優等生くん」
「……何にだよ。あとさ、その呼び方やめてくれ」
　優等生くん、と呼ばれているのにすごくバカにされている気がしてならない。
　普通に腹が立つ。
　真剣に言ったのに、持田は俺の言葉を気にもとめず靴を履き替え始めた。
「おい――」
「この間は悪かったよ。あと、仕方がねぇからお前も芽依ちゃんを好きでいること許可してやるよ」
　この間、というのは多分殴ったことについてだろう。
　突然謝られて驚いた。
　しかも持田、意外と素直だな……。
　なんて、かなり失礼なことを思ってしまった。
　それでさっきの合格というのは、柳瀬さんを好きでいる資格があるか試したってことか？
「マジで意味不明だな、持田って。なんでそんなことお前に決められなきゃならないわけ」
「そりゃ、芽依ちゃんのこと世界で一番好きなのは俺だか

らだよ。じゃーな、市原」
「お、おう……」
　自分から優等生くんっていう呼び方をやめろと言っておいてなんだけど、初めて市原と呼ばれて少しだけ戸惑った。
　でも、持田はそんな俺に手を振るわけでもなく、一度もふり返ることもせず帰っていった。
「ふっ……。やっぱ嫌いだよ、お前」
　あんなに堂々と言われたら勝てる気がしないじゃないか。
　まだまだだなー、俺。
　もっとがんばって絶対に柳瀬さんをふり向かせてみせる。
　まあ今は余裕ぶっこいて俺を見下してればいいよ、持田。
　いつか絶対に焦らせてやるよ。
　そう思いながら俺は、手に持つ紙をひとつずつ確認しながら、目的の人物の下駄箱へと入れていった。

元通り…ですか？

「邪魔だよ。3秒後には、蹴るよ？」
「きゃー、芽依ちゃんスカートなのに大胆!」
　こっちは真剣に言ってるのに……。
　相変わらずのふざけた返し。
　そんなのいつものことなんだけど、やっぱり腹が立つ。
　私が、階段から突き落とされるという物騒な事件から2週間ちょっと。
　明日からは待ちに待った夏休み。
　私は、夏休みを誰よりも心待ちにしていた。
「もうさ、夏の暑さに溶けて、どこかにいってよ……。」
　だってさ、持田にも、市原くんにも会わなくて済むから、面倒ごとにも巻き込まれないはず。
　私がため息をつきながら教室に入ろうとすると、また持田に邪魔をされた。
　私の前に立ちはだかって、教室に入るのを阻止している。
「ねー、芽依ちゃん。壁って呼ばないの？」
「あんたが一昨日、『壁なんて特別なあだ名、愛を感じるよ』って言ってたからやめたの」
　なんだか、逆に特別扱いしてるみたいだし。
　それに最近、方法は考えてほしいけど、持田が私を助けてくれるから、ちょっと壁って呼ぶのが申し訳なくなってきてもいる。

だからって、持田への愛が芽生えたわけじゃない！
　はぁ、しかしどこまで素直で、ポジティブなんだろう。
「じゃあ、今度はどんなあだ名？」
「持田。みんなと同じく名字で呼ばせていただきます」
「むー、芽依ちゃんの意地悪！」
　そう言ってほっぺたをふくらませる持田。
　その女子みたいなリアクションされても……。
「むーって何!?　まったくかわいくないよ!!」
「それは芽依ちゃんのかわいさに霞（かす）んじゃうからだよ……って芽依ちゃん!!」
　もう、聞こえてないフリしよう。
　どうしたらあんなセリフを堂々と言えるんだろう。
　軽いのか、なんなのかわからないよ……。
　なんとか持田の横をすり抜け、教室へと向かった。
　そして、ガラリと教室のドアを開ける。
「あ、柳瀬さん。おはよう！」
「おはよう～」
　聞こえてきたクラスメートからのぎこちない挨拶。
　やっぱり今日もか……と憂鬱になる。
　どうしても、この状況に慣れない。
「気安く話しかけてんじゃねーよ、散れ」
　そんな私の後ろから、持田が威嚇する。
　持田がとんでもない放送をした日から、クラスメートの様子が変わった。
　みんな、朝は必ず挨拶をしてくるようになった。

その中には西条さんを含め、おそらく私に対して嫌がらせをしてたメンバーもいる。
　でも、挨拶をする声はなぜか強張っているんだ。
　まるで何かに怯えるように。
　私はてっきり持田に対してだけだと思っていたんだけど……。
「おはよう、柳瀬さん」
　笑顔で持田を押しのけ、教室に入ってきた市原くん。
「西条さんやみんなも、おはよう」
　そして、そのままクラスを見渡しながら挨拶をする。
「……あ、市原くん。お、おはよう」
　あきらかに市原くんに好意を寄せていたはずの西条さんたちは顔が青くなりながらも挨拶をして、逃げるように自分の席へと戻っていった。
　私にはわからないけど、恐らく市原くんも何か動いてるんだと思う。
　頭がいい市原くんのことだ。
　持田みたいに真っ向からいくようなバカなことはしないと思う。
　なら、あそこまで怯えるくらい何をしたのだろう。
「……ねえ、市原くん。一体、何したの？」
「え、何が？」
　私の問いかけに首をかしげながら、とぼける市原くん。
　爽やかな笑顔を浮かべるが、逆に怖い。
　持田より、彼のようなタイプの人間の方が、怒らせると

厄介なのかもしれないな……。
「悪いことは、何もしてないよ？」
　わざわざ強調した"悪いこと"という言葉。
　ということは、何かはしたということか。
　何をしたのかすごく気になるけど、目を向けた先の西条さんが市原くんをチラチラ見ながら震えていたので、やめることにした。
　だって何だかすごく怖いことのような気がするから、知らない方がいいと思った。
「あ、おめーら。今日から俺のこと持田って呼ぶな」
「……はい？」
　突然、持田って名字なのに持田って呼ぶな、だなんて理解不能なことを言い出した持田。
　なんで、急にそんなこと言い出すの？
「あ、芽依ちゃんは呼んでいいんだよ？　てか、そのためにこいつらにそう呼ぶのやめさせるんだから」
　……嘘でしょ。
　私がみんなと同じく名字で呼ばせていただきます、って言った途端、私だけの特別な呼び方にするつもりなの!?
「あんたの頭の中、どうなってるの!?」
「ん？　芽依ちゃん一色」
　……もう、やだ。
　持田とはまともな会話ができそうにないんだもん。
「私の芽依から離れて。脳内お花畑の持田」
「持田って呼ぶなって言ってんだろ!?」

ふり返り、後ろからやってきた千春と言い合いを始めた持田。
　持田って呼ぶなっていうなら、他の呼び方を教えてほしいよ。
　クラスメートは、怖くて口が裂けても下の名前の"海"なんて呼べないんだから……。
　この困り果てた顔をしたクラスメートに気付きなさいよ。
　朝から持田に苛立つ千春が、怒りを込めてドンと体を突き飛ばそうとした。
　でも、当たり前だけど千春サイズの力じゃ持田はビクともしなくて、
「もう、大きすぎる。邪魔」
　なんて悪態をつく。
　……うん、私も本当にそう思うよ。
　千春は持田を避け、私の腕を引いて席へと向かいながら言った。
「ねえねえ、夏休みの間、何日か芽依の家に泊まりにいっていい？」
「うん、もちろん」
　キャッキャと騒ぎながら、夏休みの計画を考えていると、持田が私たちの会話に割り込んできた。
「俺はー？」
「うるさい、黙って」
　持田と夏休み遊ぶとか、絶対に嫌。
　やっと面倒なことから離れて、安心して過ごせるってい

うのに、バカじゃないの。
「俺と熱い夏にしようぜ」
「なら炎天下の中、ひとりで立ってたら？」
　何が熱い夏にしようぜ、よ。
　ふざけないでよね。
　うっとうしいし、暑苦しい。
　もうほっといてほしいのに。
　夏休みまでつきまとわれたら、たまったもんじゃない。
　どうかお願いです、神様。
　夏休み、一度も持田と会わずに済みますように。
「ちょっとちょっと、俺抜きで夏休みの予定立てないでよ。俺の予定はね――」
「市原くんまで交ざってこないで!!」
　……お願いすること、まだあったの忘れてた。
　神様、追加で市原くんにも会わずに済みますように。
　ほんっとうにお願いしますっ!!

第4章
夏休み

運命なんてあるわけない!!

　澄みきった青い空。
　流れる白い雲。
　鳴り響く蝉の声を聞きながら、新しく買ったワンピースに身を包んで待ち合わせの場所まで走る。
　駅前にはたくさんの人がいて、その中から必死に千春を探す。
　背は低いけど抜群にかわいい千春は目立つはず。
　んー、でも、どこだろう。
　わざわざ駅にしなくても、別の場所で待ち合わせればよかったかな。
　なんて、今さら後悔しても遅いし、探すしかないよね。
「千春ー」
　何度か名前を呼んでみたものの、見当たらないので、スマホを取り出したその時。
「こっちだよ、迷子の子猫ちゃん」
　右腕をつかまれて、耳元で甘ったるい声が聞こえた。
　その腕に、声に、一瞬で誰か判断がつく。
「……えいっ！」
　なので、その腕を思いきり捻り上げた。
「いててててて！」
「なんであんたがいるのよ、持田！」
　どうして……？　持田には今日の約束のこと、ひと言も

喋ってないのに!!
　まだ夏休みに入って３日しか経ってないんだよ!?
　なのに、なんでもう会っちゃうわけ？
　神様にちゃんと祈ったのに……。
　神様なんて、もう信じないっ！
「会いたかったよー、芽依ちゃん！　……いててててて！」
「質問に答えなさいよ！　じゃないと腕放さないからね!?」
　大きな赤い髪をした男に立ち向かう少女を見て、通行人が何事かとふり返る。
　たしかに、異様な光景だよね……。
「答えるから、答えるから！　だから、放して！」
「……わかった」
　そう言うので、仕方なく持田を解放して、つかんでいた手をパンパンと叩いて汚れをはらう。
「俺って汚いもの!?」
「答えるんじゃないの？」
　そんなの、今はどうだっていいの！
　私は、なんで持田がここにいるのか知りたいの!!
「てか、私服の芽依ちゃん初めて見た！　かわいい、かわいすぎる！」
「はぁっ？　まだ手を捻られたいの？　……でも、まあ……。ありがとう」
　話は思いっきりそれてるけど、今日のワンピースはひと目惚れして買ったから、それをほめられるのは悪い気はしない。

……そうか。今日は私服だった。
　そう思って持田を改めて見ると、普段制服姿しか見てないから、なんだか新鮮に思えた。
　元はいいから、どんな服もきっと似合ってしまうんだと思う。
　なんだか腹が立つ気もするけど、それより……。
「なんで急に黙るの？　気持ち悪い」
　うつむいて、何してるの。
　急にどうしたわけ？
「……突然デレるとか、マジでヤバいからっ！」
　消え入りそうな声でそうつぶやく持田の顔は、見たことがないくらい赤い。
「……顔、真っ赤だよ」
　え、何。どうしたの？
　もしかして……。
「照れてるの？」
　いつも恥ずかしげもなく甘い言葉をバンバン言ってくる持田が？
　私が突然、ありがとうなんて言ったから照れてるの？
「……うるさいっ」
　何それ。かなり、おもしろいんですけど。
　こんな持田、見たことがなくて楽しい。
　両手で覆い隠された持田の顔をのぞき込むと、持田は完全に動きをとめてしまった。
「ふは……っ！　固まっちゃったよ」

指の隙間からかすかに見える目は、いつもよりひと際大きく見開かれている。
「は、はは離れてよ‼」
　喋ったかと思えば噛み噛み。
　しかも、いつもは抱きつこうとしてくるのに、離れてだって。
　おもしろすぎるんだけど。
「ねえ、持田……」
「もしかして誘ってるわけ？」
　普段の仕返しに、もっといじめてみようかと思ったら、急に声のトーンも目の色も変わって。
　私たちの間に流れる空気すら、一瞬で変わった。
　ヤバい、と身の危険を感じて逃げようと思ったその瞬間、肩をつかまれてしまい、身動きが取れなくなった。
「いつからさ、こーんなに男に近付いても平気になっちゃったわけ？」
「ち、近いってば……っ！」
　まさかの形勢逆転。かなりピンチ。
　えっと、逃れるにはどうしたらいいかな。
　殴る？　蹴る？　叫ぶ？　……それとも、泣く？
　うーん、どれが一番効果的なんだろう。
　焦っちゃって考えがまとまらないよ。
「え、ほんとにどうしたの……？」
「な、何が？」
　きょとんとする持田に首をかしげる。

「今までなら、触っただけで嫌悪感丸出しで突き飛ばしたり殴ったりしてたじゃん。それか、言葉で心をえぐってきたり」
　改めて言葉にすると、私ってかなりひどい奴だね。
　だけど……。
「……わかんない」
　どうしてだろう。今までは触れられるだけでダメだったのに。
　どうするかなんて、考える前に体が動いていた。
「もしかして、男嫌いが治ったの？」
「まさか……」
　なんでそんなありえないことを持田は言うんだろう。
　男嫌いを克服した？
　その原因となった出来事を、過去を乗り越えてなんかないのに？
　いつまでたっても忘れられない。
　──芽依。
　私を呼ぶ声は鮮明に思い出せて、胸は痛むのに？
　……そんなの、ありえない。
　ありえるわけ、ないよ。
「あ、ちょっ、持田！　私の芽依から今すぐ離れて！」
　叫び声とともに、グイッと後ろから抱きしめられた。その衝撃で、持田が私から離れる。
　声は千春だったと思うんだけど……身動きが取れなくてわからない。

「てか、なんで持田がこんなところにいるわけ!? このストーカー!!」
　千春、ありがとう。よく聞いてくれたね！
「俺の愛のレーダーを見くびってもらったら、困るな〜」
「とてつもなく恐ろしいんだけど」
　抱きついていた千春の腕を解き、彼女の背中に隠れる。
　千春、私今すぐにでも警察に行きたいよ。
　持田、怖い!!
「いや、ほんとはね。ブラブラしてたら近野見つけて。だからもしかしたら芽依ちゃんいるかもって探したわけ。そしたら見つけたんだよ」
「……ふーん」
「あれ芽依ちゃん。まったく信じてない的な？」
　うん、信じてない。
　だってさ、普通に考えて信じられるわけないじゃん!!
　持田がどこに住んでるかなんて知らないし、知りたくもない。
　けど、たまたまブラブラしてて、私と千春の最寄り駅で会う確率ってどれくらい!?
　夏休みに、偶然にだよ？
「あんたさ、私の家知らないよね？」
　……まさかね。さすがに知ってるわけないよね。だって毎日つきまとう持田をふりきりながら帰ってるんだから。
「……し、知ってるわけないじゃん」
　泳ぐ視線に、あきらかに動揺を隠せてない口調。

……あぁ、もう引っ越ししたいよ。
　警察よりも先に引っ越し業者に連絡しなきゃいけない気がしてきた。
　なんて、私が頭を抱えていると、誰かが私の横で立ちどまった。
「駅前でギャーギャー騒ぐのは感心しないな、持田。まわりの人の迷惑そうな顔見てみなよ。」
　顔を上げなくても、声でわかる。
　正論なんだけど、ちょっとバカにしたような挑発(ちょうはつ)的な口調。
　それに男子で持田なんて呼べるのは、あの人しかいない。
　ただ、持田と同じく、どうしてここにいるんだろう。
「……市原、くん」
「おはよう、柳瀬さん」
　私が名前を呼ぶと、ニコリと微笑んだ市原くん。
　ついこの間まで、毎朝学校で見ていた笑顔そのものだ。
「なんで市原がここにいるんだよ」
　ここにいるみんなが思ったことを持田が口にする。
　だけど、持田には言われたくないと思う。
　私と千春からしたら、ふたりともここにいる意味がわからないから。
「運命が引き寄せたんじゃないかな？」
「ケンカ売ってんのか？」
　ニコニコ微笑む市原くんに、威嚇する持田。
　どうしよう、とてつもなく面倒なことになってきたよ。

「GPSだよ」
「……は？」
　今度は持田が返事をするよりも先に、私が声をあげた。
　GPS、って今言ったよね。市原くん。
「はは、冗談だよ。安心して、柳瀬さん」
「……あ。冗談、だよね。はは」
　ビックリした。GPSだなんて、市原くんが言うと冗談に聞こえない。
「それにさあ、もし付けてたとしてもここでバラしたりしないよ」
「……持田より、この人の方がヤバいかも」
　ボソッとつぶやいた千春の言葉に、これでもかっていうほどうなずく。
　持田以上に何考えてるかわかんないかもしれない。
　てか、どうして私につきまとってくる人はこんなにも厄介なわけ？
「終業式、ふたりで予定立ててたの聞いてたからさ。来ちゃった」
　……来ちゃった、じゃない!!
　そんな軽いノリで言われても困る。
　てか、聞いてたから来ちゃうなんて、どんな神経してるの。
　夏休みが始まって、まだ3日なのに、先が思いやられるよ……。

「久しぶりの海だ～!　楽しもうね、芽依!」

「……あぁ、うん」
　海を目の前にして目をキラキラと輝かせながら言う千春。
　だけど、私はそんな彼女の横でため息しか出ない。
　楽しみにしてたよ、すっごく。
　でもさ……。
「ん？　どうしたの、芽依ちゃん」
「柳瀬さん、なんか元気ないね」
　なんでこうなっちゃうわけ!?
　どうしたの、なんて白々しいこと言わないでよ!!
　なんで私がこんなにテンション低いかなんて、考えればすぐわかるでしょ。
　海に行くって約束はしてたよ？
　でも、このふたりがいるとなれば話は別だよ……。
　まあ、反対しながらも、わけのわからないふたりと、はしゃぐ千春に引きずられながら電車に乗って、結局海まで来ちゃった私も私だけど……。
「もう、芽依。せっかくの海だよ？　いつまですねてるの？　あきらめて楽しもうよ！」
「別に、すねてないよ」
　すねてるわけじゃない。
　だけど、そんな簡単に私の機嫌は直らないよ！
「ねえ、柳瀬さんの水着ってどんなの？」
「は、水着って言ったらビキニだろ。黒かなー、いや白も捨てがたい」
　そう、他でもない、この男たちのせいで。

てか誰もビキニとは言ってないのに、なんで勝手に話が進んで、色についてになってるのよ。
　というか、この人たち水着持ってないでしょ!?
　いや、海に行く予定を知ってた市原くんは持ってきてるのかな……?
　そう思って目を向けるけど、財布は後ろポケットに入ってて手ぶら。
　手ぶらなのにどうして海についてくるのよ!
「芽依ちゃん、そんな怖い顔しないの」
「……誰のせいよ」
　私だって好きでこんな顔してるんじゃない。
　楽しみにしてた夏休みに、千春との海。
　顔を上げ、お気楽な持田をにらみつける。
「見つめられたら、照れちゃう」
　見つめてるんじゃなくて、にらんでるんですけど。
　持田の目に私ってどんなふうに映ってるわけ?
　ほんと謎だわ……。
「上目遣いとか、誘ってる?」
「海に沈めてあげようか」
　いっつも思ってるけど、ほんとなんでこんなに会話が成立しないんだろう。
　私はちゃんとまともに話しているつもりなのに……。
「あのね、ふたりとも。芽依は黒のビキニだよ」
「マジで!?」
「おぉ〜!」

千春の発言に目を輝かせるふたり。
　てか、千春何言ってるの!?
「だって一緒に買いにいったもんね☆」
　いやいや。ちょっと待って。かわいくウインクしてもダメだからね。
　私を裏切るっていうの？　見てみてよ、目をキラキラさせる男たちを。
　いや、もはやギラギラと言うべきかもしれない。
　気温は高いのに、寒気がするよ。
「でもなー、ビキニか」
　自らビキニだなんて言い始めた持田が、そう繰り返しながら頭を抱えて、何やら悩み始めた。
「他の男が見るとなると……。着てほしくなくなるよね」
　そんな持田に続いて、市原くんも悩み始めた。
　何考えてるの、怖いよう……。
「俺、自分の水着買うついでに、海に入る時に何か上にはおれるもの買ってくる」
「持田のセンスに不安を感じるから俺も行く。てか、俺も水着買わなきゃだし」
「……はい？」
　勝手に話が進んでいって、ついていけない。
　千春に目を向けるけど、すでに彼女の頭には海で楽しむことしかないようで、笑顔で海をながめている。
「あ、変な奴についていくなよ、芽依ちゃん」
「何かあったら駆けつけるからね」

そう告げると、私の返事を待つことなく持田と市原くんは歩きだした。
　あのふたりって、仲がいいのか悪いのかどっちなんだろう……。
　さっぱりわからない。
　真逆のタイプな気がするけど、それが逆にいいのかな？
　でも、まあふたりにそれを言ったら全力で否定されるだろうけど。
「あれ、邪魔者ふたりはどうしたの？」
「……どうしたんだろうね」
　はしゃぎまくっていて、まわりが見えていなかった千春は、ようやくふたりがいないことに気付いた。
　どうしたのなんて私が教えて欲しい。
　勝手についてきた上に、言いたいことだけ言って、水着を買うって言ってどこか行っちゃうし。
　なんでこんなに、ふりまわされなきゃなんないのよ‼

「ふたりとも、ほんとにどこに行ったの？」
　あのままどこかに消えて、どのくらいの時間が経ったんだろう。
　着替えて、しばらく海ではしゃいで、少し休憩してる今も、持田と市原くんは帰ってこない。
「人が多くて私たちが見つからないとか？」
　夏休みに入ったことや、今日は気温も高いこともあって、家族やカップル、友人同士で訪れている人がたくさんいる。

見つからなくて、迷ってしまっても無理はない。
「えー、持田が芽依を見つけられないとか、ありえない」
　だけど千春の中には、その可能性はまったくないらしい。
　いたら邪魔だしうっとうしいけど、いないといまいち落ちつかない。
　連絡くらいよこしなさいよ……って、ふたりの連絡先知らないし、私も連絡先を教えた覚えないや。
　日焼け防止も兼ねて、海から上がってから着てたピンクのパーカーのファスナーを、意味もなく上げ下げする。
「あー、もう手がかかるんだから！　芽依、探しにいく？」
　呆れたように言って、色ちがいの黒のパーカーを着た千春が立ち上がった。
「仕方がないね」とつぶやいて、私も千春に続く。
　ジリジリと照りつける太陽と、ジメッとした潮風は、どこか気持ち悪かった。

会いたくなんてなかった

「持田たち、いないねー」
　辺りを見渡しながら歩くけど、ふたりは見つからない。
　市原くんはともかく、持田は目立つから見つけやすいと思うんだけどな……。
　長身に赤い髪で、いかにも目立ちたいぜ俺！……みたいな人だよ？
　それが見つからないんだから、ほんとにこの辺にはいないんだろうな。
「水着がどうとか言ってたから、海の家の方かな？」
「あ、そっか。ふたりとも手ぶらだったもんね〜。じゃあ行ってみる？」
「うん、行ってみよっか」
　そう言って、千春と一緒に歩き出そうとした瞬間。
「ねーね、ふたりで来たの？」
　私たちから笑みが消えた。
　ふり返ると、そこには金髪でいかにもチャラそうな、同い年くらいの男が立っていた。
　後ろにも茶髪の男が3人いて、こっちをニヤニヤしながら見ている。
　金髪の男が目立つから、他の3人はわりとまともに見えるけど……。
「うわ、後ろ姿見てかわいいだろうなって思ったけど、やっ

ぱ超かわいいね!!」
　……まずい。あきらかにナンパだよね、これ。
　しかもかなり厄介そうな相手。
　なんで持田や市原くんはこんな時に限っていないのよ。
　ほんと役に立たない……とか思うのは勝手すぎるかな。
　なんて、そんなことを考えている場合じゃなくて。
　今はどうやってこの男から逃れるか……。
「今、私たち忙しいの。あんたにかまってる暇なんてないんだけど」
　……完全に忘れてた。千春の性格。
　千春はこういう時、絶対にひるんだりしない。
「……あ?」
「だいたい、あんたみたいなのが私の親友に気安く話しかけないで」
　そして、だいたいの場合火に油を注ぐ。たとえ、それがどんな相手であっても……。
　この一触即発の空気、何度も経験してきたよ。
　お願いだからもうちょっと考えようよ〜。
　男4人相手に勝てると思う?　絶対に無理だよ。
「おっ!　強気な小っちゃい子、かわいい〜。こっちおいでよ、遊ぼうよ〜」
　え、さらに興味持たれた……!?
　なんだか意外だけど、こうなったら走って逃げるしか——。
「おい、矢野。女の子困らせてんじゃねーよ」
　逃げようとしたはずが、後ろから聞こえた声に驚いて、

一気に体が強張って動けなくなった。
　聞こえた声に助かると安心したわけでも、この男、矢野っていうんだなんて思ったわけでもなくて。
　ただ、後ろから聞こえた声が、とてもきれいで。
　震えるほど、きれいだった。
　私は、この声を知ってる。
　そして、このきれいな声で紡がれる言葉が、私はとても好きだった。
　どうしようもなく、好きだったんだ。
「おぉ、空！　早くこっち来いって、めっちゃかわいい子見つけたんだから」
　そしてこの男は今の声の主を『空』と呼んだ。
　こんな名前、ありふれてる。
　だけど、私がこの声を聞きまちがえるはずなんて、ない。
「だからって困らせちゃダメだろ」
　ザッ、ザッ、と砂の上を歩く音が近付く。
　不思議だ。たくさんの人がいるのに、何も聞こえなくなる。頭に浮かぶのは……。

『なあ、芽依』
『俺さ、ほんとに好きなんだ』

　優しくて、愛しくて、その分、何倍も残酷な思い出。
　足音がやんで、そっと顔を彼の方に向けると、大好きだった声が、私を呼んだ。

「……芽依？」
　だけど私の視界は涙でゆがんでいて、目の前の彼が、相野空がどんな顔をしてるのかがわからない。
　あれだけ鮮明に覚えてたつもりなのに、久しぶりに聞いた声は、どこかちがっているような気がする。
　記憶より、低くはなくて……。
　あぁ、そうだ。最後の方は冷たい声しか聞いてなかったから、気付かない間に、優しかった頃の彼の声の記憶を塗り替えてしまっていたんだ。
　だけど、目の前にいる彼の声は。
「元気、だったか……？」
　私にあんなひどいことをしたくせに。
　目の前にいる彼の声は、どうしてこんなにも辛くて、苦しそうに聞こえるんだろうか。
　泣きたいのは、こっち。
　苦しいのは、こっち。
　でも、会いたくなかったのは、きっとお互い様。
　それでも、裏切ったのも傷つけたのも、空。
　空に辛そうにする資格なんてないよ。
　第一、罪の意識なんてないくせに。
　面倒な奴に会ったな、そう思ってるんでしょ。
　チラリと千春に目を向けると、うつむいて押し黙っている。
「え、なになに。空、この美少女ちゃんたちと知り合い？」
　ここで空気の読めない男、矢野が話し始める。
　お願いだから今は黙っててほしいんだけど。

「ちがう……。知り合いなんかじゃ、ない」
　知り合いなんて言葉じゃ片付けさせない、絶対に。
　ただの知り合いに、男嫌いになるほど苦しめられてたまるもんか。
「芽依……」
　不安そうな千春の声がする。
　だけど、私は真っ直ぐ空を見つめる。
　そしてまた彼も、真っ直ぐ私を見ていた。
　久しぶりに見た空は、少し大人っぽくなっていて、背も伸びて。
　それは涙でゆがんだ視界でも、わかるほどだ。
　そしてやっぱり、悔しいほどにきれいで。
　汚れを知らないような美しさを持つ彼が、大好きだった彼が、たしかに目の前にいた。
「えー、久々の再会ってことで遊ぼうよ」
　ここでまた空気の読めない矢野が、そんな呑気なことを言い出す。
　……久々の再会、そんな感動的なものじゃない。
　だってこんな再会なんて、誰も望んでなかったんだから。
「あのなぁ、矢野…」
　空が矢野に話しかけながら、私から目をそらす。
　空は、また私から逃げるんだ。
　重要なことは何ひとつ言わずに、あの頃に取り残されたままの私を、また、置いていくんだ。
「ねー、いいでしょ？」

そう言った矢野の声が、さっきより近くなった気がして顔をそちらに向ける。

「……っ！」

　その瞬間、突然私の両肩に置かれた矢野の手。

　ゴツゴツした感触が男であることを実感させ、拒絶反応で血が逆流したかのように身体が震え始める。

　……おかしい、いつもとちがう。

　そう思った途端、ぐらりと視界が揺れた。

　さっきから目は涙で潤んでいたけれど、それが原因じゃない。

　このまま倒れてしまうのかもしれない。

　今までこんなことなかったのに、急に……どうして。

「えっ……。どうしたの？」

　目の前の矢野の声に、焦りが伺える。

　だけど、そんなことに気を遣っている場合じゃなくて。

　今までなかった事態に怖くなって、ぎゅっと目をつぶる。

　私、どうなるんだろう……。

　なんて、不安に思ったその時。

「悪いけど、この子、極度の男嫌いで俺以外に触れられるのダメなの。だから離れろよ、カス」

　ふわりと甘い香りが鼻をかすめて、ぎゅっと後ろから抱きしめられた。

　そして耳元で聞こえたのは、今にも殴りかかりそうなほど怒りに震えた声。

　探しても、見つからなかったのに。

どうしてこんなタイミングで見つけるの。
　……持田の、バカ。
「俺以外って腹立つなー。自分は特別だなんて、自惚れるのも大概(たいがい)にしたら？」
「は、うるせぇよ」
　持田より少し遅れてやってきた市原くんは、持田に文句を言いながら私の横に立ち矢野をにらむ。
「ごめんね、柳瀬さん。なかなか持田と意見が合わなくてケンカになっちゃってて……」
「俺の方が芽依ちゃんのことわかってんのに、お前がゴチャゴチャ言うからだろ!?　……じゃなくて！　芽依ちゃん、大丈夫だった？」
　私を心配して耳元でささやかれる声が、とても甘い。
　どうしてだろう。さっきより泣きたくなる。
　感情がごちゃ混ぜになり、思いがうまく言葉にならなくて、私はただうなずいた。
　そしたら、私を抱きしめる腕にさらに力が入った気がした。
「極度の……男嫌い？」
　そんな中、話についていけない、というように震える声で言ったのは空だった。
　考えれば、当たり前。
　中学時代の彼女だった人間が、極度の男嫌いだなんて、突然聞いて信じられるわけがない。
「あ？　誰だよ、あんた」
　男嫌いということに反応した空に対して、敵対心丸出し

の持田。
「ケンカなんてしないでよ……」
「んー、仕方がない時ってあるよね」
　不安に思って忠告したけど、まったく意味がないみたいで。
　顔は見えないけど声を聞いただけで、ニッコリと微笑んでいる持田の顔が浮かんだ。
「柳瀬さん、ケンカするなって持田に言っても無駄に決まってるじゃん」
　呆れたような、でもどこか楽しそうな市原くんの声が聞こえた。
　私や千春とちがって、今この場がどれほど辛いものか、私の過去を知らないふたりは知らないから仕方がない。
　私が、どれほどこの場から逃げたいと思っているのかなんて、わかるはずがないんだから。
「おい、こいつらヤバくねーか……？」
　少し怯えたように言ったのは、矢野。
　この変な男でも、持田や市原くんの恐ろしさはわかるらしい。
　まあ赤い髪の長身男が、突然ケンカを売ってきて、さらに少し性格の悪そうな優等生が現れたら……。
　普通に考えて、怖い。
　無駄にイケメンだしね……。
　でも、私はふたりが厄介な性格をしてることを知ってるから、助けてもらいながら申し訳ないけど、あまり関わってほしくないと思ってる。

……なのにどうして、私はこの腕から逃れようとしないんだろう。
　どうして、この腕に包まれた瞬間、震えがとまったんだろう。
　考えれば、何か答えにたどり着くのかもしれない。
　でも、今だけは、何も考えずにこの腕の中にいたかった。
「おい、空……っ」
　矢野がふいに呼びかけた言葉のせいで、空気がさらに重苦しいものになった。
「……空って。もしかしてお前が相野空？」
　たった一度だけ、私が「知ってる？」と聞いただけの名前を持田は覚えてたの？
　私から突然出てきた男の名前。
　私のことをなんでも知っていると豪語する持田のことだから、覚えていても不思議じゃないけど。
「そう、だけど……」
　突然、見知らぬ男にフルネームを当てられた空は、戸惑いながらも肯定した。
「ムカつく……」
　私以外の人間には聞こえたのかわからないほど小さな声で持田はつぶやくと、ゆっくりと私を離して、でも強引に腕をつかんで歩き始める。
「行こ、芽依ちゃん」
「え、ちょっ、持田……っ」
　一体どこに行くつもり？　……そう聞こうとした私の言

葉も、持田に腕を引かれ進み始めた歩みも、反対の腕を空につかまれて、とめられてしまった。
「待って、芽依」
「離してよ……。空」
　彼の方を見ずに、言った。
　だけど、私が言った言葉は情けないほど頼りなく、彼に届いたのかわからないほど小さかった。
　彼は私の言葉を無視して喋り続ける。
「男嫌いって、どういうこと？　もしかして……」
「おい。芽依ちゃんの手、離せよ！」
「……もしかして、何？」
　持田が吠えるけれど、それにかぶせるように放った私の声はあまりにも冷たくて、自分でも驚くほどだった。
　そのせいか、空も持田も一瞬で静かになった。
　……もしかして、か。
　空はその言葉の後に、一体なんて言うかな？
「俺のせい？　なんて言ったら、許さない。……私が殴ってやるっ」
　そんなわかりきってることを白々しく聞くなら、絶対に許さない。
「あんた以外に、理由があると思う……!?」
　とどめを刺すようにそう言えば、空が私をつかむ腕の力が緩んだ。
　私は、思いきり空の腕を振りはらう。
「芽依、ちゃん……」

戸惑う持田の腕も一緒に振りはらった私は、千春や市原くんの呼びかける声も無視して、走りだした。
「芽依っ！」
「柳瀬さん……っ！」
　どこに行くかなんて、考えてもないし、そんな余裕すらなかった。
　でも、とにかくこの場所にいたくなかった。
　空のいる、この場所に。

もう、わからない

　嫌だ、どうして。
　どうしてこんなタイミングで会っちゃうの。
　やっときた夏休み、せっかくの海。
　なのに、なんで空に会っちゃうの？
　脳内をチラチラよぎる、色素の薄い柔らかそうな髪に胸が苦しい。
　たしかに空だった。
　記憶の中にしか存在してなかった空が目の前にいた。
　かっこよかった、あの頃以上に。
　持田や市原くんもかっこいいと思う。
　けど、空はちがう。
　私はきっとこの先ずっと、あそこまできれいな男を見ることなんてないと思う。
　まぶしくて清らかで、美しく、儚く。
　この世に本当に天使が存在するなら、きっと彼のような姿をしてるんだと本気で思ってた。
　だから、罰なの？　そんな彼に恋をして、欲しいと願ったりしたから。
　私なんかが好きになっちゃいけない相手だったってことなの？
　だから神様は、あんな方法で私から彼を奪ったの？
　……なんてね。

私が愛されなかっただけ。彼を満足させられるほどの魅力がなかっただけ。
　それを運や神様やら、他のことに責任転嫁するのはちがう。
　そんな人間だったから、私はきっと、愛されなかったんだろう。
　……どれほど走ったんだろう。
　私が走る道から見える砂浜はメインの海水浴場とは離れているからか、人が見当たらない。
「荷物、置いてきちゃったし…」
　あー、バカ。ほんとにバカだ私。
　空と持田をふりきって、千春や市原くんを置いてきて……。
　どうせ、後で戻らなきゃいけないことはわかってるけど、まだ戻りたくない。
　ここで少し時間を潰そうかな。
　人のいない砂浜なんて、少し危険かなとも思ったけど、ひとりになりたかった私にはちょうどよかった。
　私は砂浜へと足を踏み入れて、ずっと海を見つめていた。

「んっ……」
「あ、起きた？」
「芽依ちゃん、こんなところでひとりで寝るって、見知らぬ男に襲われたいわけ？」
　私、寝ちゃってたんだ。
　寝るなんて、さすがに私ヤバいなと思いながら、耳元で不機嫌な声がしたから顔を上げる。

寝起きのせいでまだぼんやりとした視界に、寝起きには刺激が強すぎる派手な色が飛び込んできた。
「赤髪……。あぁ、持田か」
　持田に寄りかかるように寝てたらしく、身体を離す。
「……芽依」
　私を呼ぶ、苦しそうな震えた声がした。
　そちらに目を向ければ今にも泣きだしそうな千春。
　そして隣には、困ったように笑う市原くん。
「おはよ、柳瀬さん」
　……そうだった。
　千春と持田と市原くんと海に来て。
　そしたら着いてすぐに持田と市原くんは消えてしまって、いつまでたっても帰ってこないから仕方なく探したら。
『……芽依？』
　空に会った。
　それで逃げた私はここに来たんだった。
「今、何時…？」
「まだお昼過ぎ。夕方にもなってないよ」
　時間を尋ねると、市原くんが答えてくれた。
　そっか、まだそんな時間なのか。
　ここは静かすぎて、時間がよくわからない。
「ねえ、芽依ちゃん」
「何……？」
「さっきの人ってさ、芽依ちゃんの元彼でしょ？」
　突然、核心をつかれて答えに戸惑う。

どうしていいかわからず、視線をさまよわせれば、一番今の状況を把握できてないであろう市原くんと目が合った。
「私と市原くんは、ちょっと向こうに行ってるね」
「え、ちょっ……」
　そんな私たちに気付いたのか、戸惑う市原くんの腕を引いて千春は歩き始め、私たちから少し離れたところに座った。
「いいよ、本当のこと言って。名前は知らなかったけど、彼氏だってことは知ってたから」
「知ってったって……どういうこと？」
「芽依ちゃん」
　名前なんて数えきれないほど呼ばれてるのに、低くて真剣さを含んだ声に心臓が音をたてた。
　目を見れば、持田も真っ直ぐと私を見つめていて、それに反応するように鼓動が少しずつ速くなる。
「俺たちが初めて会ったのって、いつだと思う？」
　持田はバカげた質問を真顔でした。
「初めて会ったのなんて、入学式に決まってるでしょ？……でも、そうだったらそんなこと聞かないか」
　だとしたら、いつ？
　私と持田は、いつ会ったの？
　こんな目立つ人間、会ったら忘れないと思う。
　だけど記憶をいくら遡ったって、思い当たる人はいない。
　でも空と付き合ってた頃を知っているなら、中3のクリスマスより前。
　恋人同士に見えていたなら、それよりもう少し前。

「まあ、覚えてないのも無理はないよね」
　そう言って持田が切なげに笑うから。
　柄にもなく寂しそうにするから。
　なんとか思い出したい、そう思う。
　だけど焦っても思い出せるものではなくて。
「ごめん、わかんないや……」
　申し訳なくて目をふせると、彼の大きな手が雑に私の頭を撫でた。
　そして、その手はそのまま私の頬へと下りていく。
「……俺の話、聞いてくれる？」
　見えるのは海と、青空と、何やら話している千春と市原くん。
　それから、人気もなく静かな砂浜。
　なのに、押し寄せる波の音にのみ込まれそうなほど、小さな声で持田は私に問いかけた。
　その言葉に、うなずく。
　だって、初めて会ったのがいつなのか気になるから。
　そして持田がこんなに真剣で、切なそうにしている理由も知りたい。
「やっぱりその前にひとつ質問」
「何……？」
　頬に添えられていた手が離れる。
　だけど、なぜか反射的に、私は彼の手をつかんでいた。
　名残惜しかったんだ。
　どうしてなのかわからないけれど、放したくなかった。

だけどそれも、ほんの一瞬の感情だった。
「芽依ちゃんは今も、あいつが好き？」
 その言葉を聞いた瞬間、ゆっくりと私の手は力をなくして、持田の手を放した。
 『あいつ』はまちがいなく空を指している。
「空が……っ」
 好きか、好きじゃない。
 二択の簡単な質問。
「私は……空が……」
 なのに、これ以上先の言葉が出てこない。
 名前を呼ぶだけで、苦しくて泣きたくなる。
 この感情が何から来るものなのか。
 さっきの空の切なそうな顔が頭から離れないのは、何を意味するのか。
 いつまでも消えない空の存在は、恋心か、憎しみか。
 でも、今の私は目の前にいる持田の悲しむ顔を見たくないと思ってる。
 ちゃんと私を想ってくれてることが伝わってくるから、私を守ってくれたから。
 助けてくれたから、支えようとしてくれたから。
「まだ空が好き」なんて、そんなこと持田に向かって言いたくないって思ってる。
「好きじゃない」って言えばいいはずなのに。
 久しぶりに会った空の声が、空のまとう雰囲気が、空の存在そのものが、優しかった頃の彼を思い出させて、「好

きじゃない」と答えることをためらってしまう。
　さっき私の前にいた空は、きっと私が好きだった頃の彼だったから。
　冷たくされても、突き放されても、裏切られても。
　私の記憶の中にいる空が優しく微笑むから、空を嫌いになんてなれなかった。
　さっき会った空は、あの頃のままだったから、空を「好きじゃない」って言えないんだ。
「……わかんない。私が空のこと、まだ好きか、そうじゃないかなんて。だけど、ひとつ言えるのは……。嫌いになれない」
　無理矢理、憎もうと思っていただけなんだ。そうやって片付けようとしただけなんだ。
　きっと私の中で、空のことを嫌いだったことなんてないんだ。
　好きだから傷ついて、忘れようとして、気持ちを殺そうとして。
　最低な男だって、何度も言い聞かせたんだ。
　だけど、そこまで言って後悔する。
　嘘なんてついてないのに、本当のことを言っただけなのに。
　目の前の持田を見て、どうしようもなく後悔した。
「……そっか」
　だって、そう言う持田は今にも泣きだしそうな子どもみたいな顔をしていたから。
「さっきのとこ戻って、みんなで飯でも食べようよ」

そんな顔をしていたはずなのに、持田は突然、何事もなかったように立ち上がる。
　肝心なことは何も話さないまま、持田は私を突き放す。
　それを嫌だと思う私は、一体どこまで自分勝手なんだろう。
　勝手に終わらせて、千春たちのもとへ歩き始めた持田を見て、慌てて私も立ち上がる。
「でも……っ！」
　何を言おうとしてるのか、自分でもよくわからなくて。
　自分が何を思ってるのかも、わからなくて。
　ただ遠ざかろうとする背中を引きとめたかった。ただ、それだけ。
「私……っ、持田のこと大切だと思ってる……！」
　言った瞬間に、自分でも何を言ってるんだろうって思った。
　口にした言葉を理解できなくて、いや、意味はわかってるんだけど、自分がそんなこと思っていたのかなんて、ただ驚いていた。
「えっと……。今のは——」
　取りつくろおうとしても自分で自分がわからないから、どうすることもできなくて。
「俺には、芽依ちゃんがわかんないよ……っ」
　気付いた時には、歩きだしたはずの持田は目の前にいて、そうつぶやくのと同時に私の腕を引いて、抱きしめた。
「……いつもみたいに、抵抗しなよ」
　そんなこと言うくせに、持田は抱きしめる腕に力を込める。
「さっきは肩に触れられただけで、すごい嫌がってたじゃ

ん」
「……そうだね」
　自分でも不思議だなって思うよ。
　でも、なぜか今日は持田が触れても平気なの。
　この前まではダメだったのに。
　だけど、空に腕をつかまれたときも平気だった。
「逃げてくれなきゃ、自惚れる」
　苦しそうな持田の声。
　自惚れるなんて言うくせに、持田の声は自信なんてこれっぽっちもなさそうなほど小さくて頼りない。
「……好きになってよ。……芽依ちゃん」
「……嫌」
「じゃあ、嘘でいいから、好きだって言ってよ」
　いつもの持田じゃない。
　どうして彼がこんなにも私にこだわるのかがわからない。
　出会ったのがいつか思い出せば、その理由がわかるの？
「無理だよ。嘘でもそんなこと言えないよ」
　しっかりと告げれば、体はゆっくりと離された。
「こんな近くにいるのに、なんで苦しいんだろうね。芽依ちゃんに触れてるのに、むなしいよ」
　持田はうつむいたまま、そう言った。
　そんな彼になんて言ったらいいかがわからなくて、ただ謝った。
「……ごめん」
　そのたった３文字が、彼をどれほど傷つけるのか知らずに。

一時の罪悪感から逃れたくて……。
 そして、この言葉がまちがいだったと気付くのは、少し先の話。

ひとりじゃないよ【千春 Side】

　海になんて来るんじゃなかった。ため息をつきながら、そう思った。
　厄介なふたりもついてきたけど、せっかく芽依と海に来て楽しもうと思ってたのに。
　神様は意地悪だよ……。
　どうしていつも、芽依ばかり苦しめるの。
「……何、近野さん」
　私に腕を引かれながら、不満そうな市原くんが声をあげる。
　そんな市原くんに返事をせずに、芽依と持田から少し離れたところに座った。
　市原くんもそれに続いて、少し間をあけて座る。
　彼は何も知らないから、あの場にいたって何も理解できないと思う。
　それにすごく混乱してると思う。
　かわいそうに思えたし、そして私自身も頭の中で整理したかったから、あのふたりから離れて市原くんに話すことにした。
　私たちの中学の頃の話を……。
「さっきのは、相野空。私や芽依と同じ中学で、芽依の元彼」
「……まあ、それは何となくやりとり見ててわかったよ。それにあんなに動揺してる柳瀬さん見たの初めてだったし」
　そう言った市原くんの顔は、悲しそうにも苦しそうにも

見える。
「芽依は、相野のことがすごく好きだった」
　好きで好きで、たまらなかった。
　芽依には相野しか見えてなかった。
　そばで見てて、純粋に、真っ直ぐに相手を想える芽依がうらやましかった。
　私もあんなに大切に想える人に出会いたい、ふたりを見ていつもそう思ってた。
「相野も、芽依のことを想ってた」
　そのこともわかっていたから、本当に素直に思ってたんだ。
　今の芽依はそうは思ってないかもしれないけど、ずっとふたりを見てたからわかる。
　……ふたりはちゃんと、想い合ってた。
「それなら、なんでふたりは別れたの？」
　そう、なんでふたりは別れなきゃいけなかったのか。
「……弱かったのかな」
「え、何……？」
　私がつぶやいた言葉はあまりに小さくて、市原くんには届かなかったらしく聞き返された。
　弱かった。ただ、幼かったんだ。
「相野と付き合うことで、芽依は他の女子から嫌がらせを受けるようになったの」
「それって……」
「この前のと似てるよね。だけど、この前とちがうのは、中学の頃の芽依は、相野のことが好きだから耐えてた」

相野に心配をかけたくないから。
　相野にそばにいてほしかったから。
　だから、相野に相談した方がいいって言っても芽依は聞く耳を持たなかった」
「そんな芽依、見てられなかった。でも、私もどうしたらいいかわからなかった」
　無力な自分が、嫌いだった。
　苦しむ親友を前に、どんな言葉をかけるのが正解なのか、どんな行動を取るのが正解なのか、わからなかった。
「だけどこんな状況も彼氏なら、相野なら変えてくれるんじゃないかって思った。だから私は相野に真実を告げたの」
　私には無理でも、誰よりも芽依を想ってる相野なら。
　彼なら、芽依を救える。
　……ううん、彼にしか救えないと思ったから。
「だけど、何をまちがえたのかな。芽依から相野が最近冷たいって相談されて、ちょっと経った頃にね……」
　ぎゅっと目をつぶる。
　市原くんに話すと決めたのは私なのに、苦しくて、辛い。
　私がこんなに辛いなら、当事者の芽依はどれほど辛かったんだろう。
「すごく寒い日だった。久しぶりにデートの約束をしたって喜ぶ芽依を見て安心してたのに……。その日、相野は他の女を連れて芽依の前に現れた」
「……は？」
　理解できないというように、市原くんの表情が曇る。

「そして芽依にひどい言葉を浴びせて、別れを告げた。それどころかふたりが過ごした日々、すべてを否定した。その日から、芽依は男を信じないどころか嫌うようになった」

　笑ったり、泣いたり、感情を表に出すことすら減った。

　そんな芽依の隣で、私は何事もなかったように明るく振る舞うことしかできなかった。

「そりゃ、男嫌いになるよな……」

　ポツリとつぶやいた市原くんが、視線を芽依へと向ける。

　切なそうに、愛しそうに見つめる瞳は、芽依を守りたいと言ってるようだった。

「ねえ、市原くん」

「ん……？」

「この先、きっと芽依は大きな壁にぶつかると思う。空に再会した今、きっとひとりじゃ乗り越えられない」

　芽依には、逃げてほしくない。

　乗り越えてほしい、そしてちゃんと新しい幸せを見つけてほしい。

　それに……。

　さっきの相野を思い出す。

　私が何も言わなくても、きっとあっちが動くと思う。

　きっと、芽依が思ってるよりも本当の彼は何倍も優しい。

　けれど、優しいからこそ残酷だ。

「だから、その時は背中を押してあげてほしい」

「俺が……？」

「頭いいでしょ。芽依のために役立てなさいよ」

そう言うと、あきらかに嫌そうな顔をした市原くん。
　何よ、その顔。
「嫌ならいいよ。優等生のくせに使えないなぁ」
「……うるせぇな、自信がないんだよ」
　口が悪くなったのは、こぼれた言葉が本音だったからだと思う。
「他の男のところに送り出せる自信なんて、ない」
「なら、無理矢理にでも自分のものにしたら？」
　なんとも言えない表情を浮かべる市原くん。
　自信満々で、ちょっと性格に難がある優等生くんが珍しく弱ってる。
　でも、それだけ芽依を想ってるってことなのかな。
「簡単に言うなっつーの」
「とにかく、頼んだよ」
　人の気持ちを簡単に想像できる頭のいい市原くんだからこそ、芽依に伝えられることがあると思う。
　私には何ができるのかな。
　……今まで、何かできてたのかな。
　芽依と持田がいる方に目を向ける。
　私もがんばるから、芽依もがんばって一緒に乗り越えて。
　大丈夫、芽依はひとりじゃない。
　私に、市原くん、そして馬鹿みたいに真っ直ぐ芽依を想ってる持田がいる。

第5章
持田の過去

名前のないメール

　8月半ば、夜7時。
　お風呂から上がると、スマホにメールが来たことを告げるランプが点滅していた。
　誰だろうと思って見ると、登録してない人からみたいで名前ではなく、アドレスが表示されていた。
　『――会って話せないかな』
　件名にも本文にも名前がなくて、ただこれだけが送られてきていた。
　だけど、迷惑メールかな、とか、まちがったのかな、なんて私は思えなかった。
　このメールに表示されたアドレスが"Sora0621"で始まっていたから。
　彼の名前に、数字は彼の誕生日。
　私が中学最後の冬休みに消したアドレスと同じだった。
　会って話せないかな、なんて控えめな文が彼らしかった。
　いつだって、会いたいとは言わず、会えないかなと聞いて。
　自分の思いよりも私の思いを優先して、尋ねた。
　優しくて、穏やかで――。
　だから、余計に苦しかったんだ。私の思いを無視して、自らの感情を突きつけてきた彼の態度が。
　嫌いだと、いらないと。遊びだったんだと一方的に突きつけて、すべてを否定した彼が。

今さら、彼は何を私に話したいというんだろう。
　だけど、空が私の連絡先を知っていたってことは、たぶん、千春から聞いたんだろうな。
　私は高校に入ってからアドレスを変えてしまったから。
　ということは、千春は、私と空は一度話すべきだと思ったってことなんだよね。
　だけど、私は空に会うのが辛くて、怖いんだ。
　今度傷つけられたら、きっともう立ち直れない。
　だけど、もしかしたらやり直せるのかも……なんて淡い期待も捨てられない。
　記憶に刻まれた、優しい笑みが、優しい声が、あの優しかった彼のすべてが嘘だっただなんて思いたくない。
　だったら、会って話すしかないのかもしれない。
　ちゃんと聞くしかないのかもしれない。
「――空にとって、私は何でしたか？」と。
『うん、わかった。いつにする？』
　そこまで打ったけれど、送れない。
　唯一の救いはLINEとかとちがって既読がつかないこと。
　もし、LINEだったら、既読がついたのに返信が来ないということで私の迷いが伝わるのかもしれない。
　送信を押せばいいだけなのに、なぜか親指が震える。
　たったこれだけの短いメールを送るだけで、私の世界が変わってしまう気がして怖い。
　空と再会してしまった今、もう逃げられないことはわかってる。

いつかは越えなきゃいけない壁だってことも。
　このままじゃダメだってことも。
「ダメだ……っ」
　それでもやっぱりメールは送れなくて。
　いつまでも私は弱くて。
　そのくせ弱さを見せたくなくて。
　弱いと思われたくなくて。
　……ほんとにかわいくない。
　夜になっても気温は下がらなくて、暑い。
　今夜も熱帯夜か…。
　頭を冷やそうと思って外に出たのに全く意味がなかった。
　家に戻ろうかとも思ったけど、外に出たからコンビニにでも行こうかな。
　……でもよく考えたら私、財布持ってないや。てか、何も持ってない。
　あー、もう。ちょっと散歩して、そして帰ろう。
　外の方がゆっくり考えられるかもしれないし。

「……ケンカ？」
　ブラブラ歩いてしばらくたった頃だった。
　この道を少し行ったところに裏道のような場所がある。
　そこから叫び声のようなものが聞こえた。
　そこは毎晩、不良が集まってはよからぬことをしてるって噂がある。
　……私、そんな危ない場所まで歩いてきちゃったわけ!?

第5章 持田の過去

　ヤバくない？　うん、ヤバいよね。
　帰ろう。今すぐUターンしよう。
「——かかってこいよっ!!」
　そう思ったけど、聞き覚えの声ある声がして、思わず足がとまった。
「……持田？」
　思わず名前をつぶやいてしまった。
　なんとなくだけど、今聞こえた声が持田だと思った。
　でも、持田がどうしてここに？
　なんでケンカなんてしてるの……？
「とめなきゃ……」
　持田じゃなかったらとか、私が行ったところで何ができるのとか、そんなことどうでもよかった。
　この間、聞いてしまったんだ。
　持田が担任に「次、問題を起こしたら退学も覚悟しなさい」と言われているのを。
　あんな奴、退学になったら学校で会わずに済むのに。
　そしたら、もっと平和な学校生活が送れるのに。
　だけど……。
「——持田っ!!」
　確実に彼だという保証もないまま、私は彼の名前を呼んだ。
　不思議とその裏道へ飛び込むことへの怖さはなかった。
　暗くてよく見えないけど、複数の人が倒れてることがわかった。
　ぼんやりと浮かぶ人の影の中から、派手な赤い髪で長身

の男を探すけど、すぐに見つけることができない。
　ちがう……ちがう、ちがう。
　歯がゆさを抑えきれずに、先へ踏み出そうとしたその時、
「……芽依、ちゃん？」
　聞き慣れた甘い声が、少し震えながら私の名前を呼んだ。
　声がした方に勢いよく顔を向けるけど、持田が見つからなくて。
　その場から動けず立ち尽くしていると、私の足元に倒れていた人の手が動いた。
　その手はゆっくりとこちらへ伸びてきて、私の足をつかもうとした。
　だけど、足元に倒れていた不良は、何か大きな力によってコンクリートの壁へと飛んでいき、鈍い音をたてた。
　突然の出来事に、固まる。
　そこで初めて足を踏み入れたことを後悔した。
　だけど、今さら遅い。
　今、私の目の前に立つ男。つまり、私の足元にいた不良をコンクリートの壁へと蹴り飛ばした男が、私をじっと見つめてる。
　きっと、私を守ってくれたんだろうけど、安心できなかった。
　その男の髪は、赤くなかったから……。でも、
「……逃げるよ」
　そう言った声も、私の腕をつかむ手も、たしかに持田で。
　わけがわからないまま、赤髪ではない持田に腕を引かれ

て、私はその場から連れ去られた。

「ここなら、大丈夫かな…」
　たどり着いたのは、あの場所から少し離れた公園。
　持田が言うには、住宅街に囲まれたこの場所は目立つため、通報されやすい。
　そのため、悪い奴らは近寄らないらしい。
　ベンチに腰かけた私は、隣にいる持田に目を向ける。
　街灯によって照れされる髪は、何にも染まらない漆黒（しっこく）。
　きれいだった顔には、まだ新しいものから、少し治りかけたものまで、いくつもの傷。
「ねえ、それ……髪の毛と傷、どうしたの？」
　恐る恐る持田に問いかけてみる。
「……っ」
　だけど、灯りの下で合った彼の瞳は、私の瞳も、問いも受け入れてはくれずに、すべてを拒否しているかのように冷ややかなものだった。
　わからなかった。
　どうして、私はそんな目で見つめられているのか。
　どうして……こんなに心が痛いのかが。
　時々見え隠れしていた持田の影が、闇が、彼のすべてをのみ込んでいるように見えた。
「バカじゃねーの？　どうしたのは、こっちのセリフなんだけど」
「も……ちだ」

「あ、俺って本当はこんな感じだから。今までは芽依ちゃんに好かれようって媚びてたから」
　今までは……？
　その言葉が引っ掛かった。
　だって、それじゃあ……。
「何、その顔。もしかしてさ、俺がずっと芽依ちゃんのこと好きだと思った？」
「……」
「俺の想いに応える気もないくせに？　冗談じゃねーよ」
　言い返せなかったのはきっと図星だったから。
　なんの根拠もなしに思ってた。
　この人だけは無条件に、ずっと私を好きでいてくれるんじゃないかって。
　血がつながった家族なわけじゃないし、そんなのありえないのに。
「……ごめんって言ったのは芽依ちゃんだろ!?　そう言って俺を突き放したのは、芽依ちゃんなんだよ!!　俺の想いを……拒絶したじゃねーか」
　私が浜辺で言った言葉。
　あの時、好きだと言えないことに対しての罪悪感で放った言葉だった。
　静かな公園に響く持田の叫び。
　でも、あのたったひと言が持田には拒絶として伝わって、深く傷つけてたんだ。
「それなのに、なんで俺のために無茶すんだよ。夜道をひ

とりで歩くだけでも危ないのに、ケンカしてるところに乗り込むとか……ありえねーよ」
　顔をゆがめながらそう話す持田はすぐそばにいるのに、手を伸ばしても触れられない気がした。
「あきらめさせろよ……。髪も黒く染めて、芽依ちゃんに会う前の自分に戻ろうとした。なのにぜんぜん頭から離れてくれなくて、ムシャクシャして……。何かに当たらねーと、おかしくなりそうだった」
「……それって」
　この傷は……私のせい？
　きれいな顔に残る生々しい傷は、全部、私のせいなの？
「バカみてーだろ。欲しいものが手に入らねーからって駄々こねて」
　そう言って笑う持田は、もう泣きそうで。
　彼が笑おうとすればするほど、心がえぐられる。
「でも、それでいいんだ。俺には何も守れねーんだから」
　そう言った瞬間、彼を包む闇が濃くなった。
　何を言えば、その闇を切り裂いて、私の言葉が君の心まで届くのかわからない。
　もう、私の言葉なんてどうやっても届かないんじゃないかって思えた。
　私から目をそらし、夜空を見上げる持田の横顔は儚くて悲しすぎる。
「持田は、いつだって私を守ってくれたよ？」
　私の口からはありきたりな言葉しか出てこない。

「本当に守れてるなら、芽依ちゃんは、そんなに苦しそうな顔なんてしねーよ」
　何よ、それ……。
　苦しそうな顔をしてるのは、私じゃなくて持田の方だ。
「俺は最低なんだよ」
　彼が話す言葉の数々は、普段の彼からは想像もできない。
　いつも自信過剰で、ポジティブな持田海。
　あれも彼なりに作り上げた持田海だったのかな。
　私の前にいたのは、持田であって持田じゃなかったのかな。
　本当の持田じゃなかった……。
「じゃあ、最低な持田を傷つけてる私は、もっと最低だね」
　そう言うと、持田は間髪いれずに否定した。
「そんなことない。芽依ちゃんがいたから、変わりたいと思ったんだ。変わろうとした」
「無理に変わろうとしなくていいじゃん。持田は、持田でしょ……？」
　そんな安っぽい気休めの言葉が、彼に届くとは思えなかったけど、何も言わないよりマシだと思った。
　私の思いが１ミリでも伝われば……。
　だけど、彼は私が伝えようとすることさえ、拒んだ。
「教えてやるよ。俺がどれほどひどい奴かってこと……」
　そして、彼はゆっくりと話しはじめた。

守りたかった【持田 Side】

　最初は相手にもしてくれなくて、俺を瞳に映すことさえしてくれなかった芽依ちゃんが、俺のせいで、俺のために、今は隣で不安げに瞳を揺らしてる。
　欲しかったのに、怖い。
　どうしようもなく、怖いんだ。
　いつか大切な君を傷つけてしまいそうで。
　俺が知らない傷を抱える彼女を、壊してしまうんじゃないかって。
　俺はきっとあの頃のままだから。
　いつかきっと、莉子のように彼女さえも壊してしまうんだ。
　俺は過ぎた日々のあやまちを、芽依ちゃんに話し始めた。

　中学時代、俺には大切な彼女がいた。
「おはよーっ、莉子」
　見慣れた愛しい背中に抱きつくのが、俺の日課。
　そうすれば、少しだけ低い位置にある彼女の顔はすぐに真っ赤に染まってしまう。
「もう、海！　人前ではやめてって言ってるじゃん！」
　顔を上げ俺をにらみつけながら、髪の毛で赤い顔を隠そうとする。

「あっそ。じゃー、もういい」
　そんな彼女から、素っ気ない態度を取りながら簡単に離れる。
　そうするのは、すぐに不安そうな表情を浮かべた彼女が俺を追ってくるのを知ってたから。
「ご、ごめん……っ。海、怒った？」
　佐原莉子。
　ふわふわと柔らかそうな長い髪。
　女子の中では背は高い方で、顔立ちはかわいい系。
　莉子とは中学で出会って、優しくて気遣いのできる彼女にどんどん惹かれていった。
　中２の春、彼女から告白されて、断る理由なんてあるはずがなく、ふたつ返事でOKした。
「何、怒っててほしかった？」
「……っ、海のいじわる！」
「莉子限定ですよーだ」
　莉子が楽しそうだと俺も楽しい。
　好きって、付き合うって、そういうことなんだろうな。
　なんて、軽く考えていたんだ。
「……これ以上、惚れさせないで」
　俺の前ではいつだって莉子は幸せそうだったから。
　春は桜の咲いた通学路をふたりで歩いて。
　夏はお祭りに行って花火を見た。
　秋は、冬は、莉子とどこに行こう。何をしよう。
　俺の世界は莉子中心に回ってるんじゃないかって思うほ

ど、気付けば莉子のことばかり考えてて。
　本当に莉子が好きだったんだ。
　それなのに俺は気付けなかったんだ。
　その笑顔の裏に潜む影に。
　彼女が抱え、隠すものに。
「その痣、どうしたんだよ」
「ちょっとぶつけちゃって……。ドジだよね、ほんと」
　こんな簡単な嘘さえも見抜けなかった。
　後から考えれば不自然なことは、いくつもあった。
　頻繁に怪我をするようになった。
　忘れ物が増えた。
　たしかにおっとりしていて、鈍いところもあったけど、以前はそれほどじゃなかったのに。
「……海」
　まるで俺がそこにいるのを確認するかのように、名前を呼ぶ回数が増えた。
「ん？　どした？」
「ボーッとしてたの。なんか、名前呼びたくなっちゃった」
　俺はバカだったから、莉子の言うことを疑いもせず、すべて信じた。
　莉子は嘘なんかつかないから、莉子が大丈夫と言うなら、大丈夫だろうって思っていた。
　だけど、事態はそんな簡単なことじゃなかった。
　ある日、突きつけられたのは、もう逃げられない現実。

「——いつまで持田くんと、付き合ってるわけ？」

 中学の時、俺はサッカー部だった。

 ある日の部活中、教室にタオルを忘れたことを思い出して、休憩中に教室に取りに戻ったんだ。

 教室には俺が部活が終わるのを待ってる莉子がいる。そう思うと足取りも軽かった。

 だけど、ドアを開けてみても莉子は見当たらなかった。

 代わりに見えたのは、数人の女子の背中。

 ドアの音に反応してふり返った女子は、同じクラスの奴もいれば、ちがう奴もいた。

 莉子の姿は見えないし、俺の名前が聞こえたのもあって、
「……何、してんの？」

 そう彼女たちに問いかけた。

 自分の声が驚くほど低かったのは、きっと彼女たちが莉子に何をしているのかわかったから。
「持田……くんっ」
「何してんの、って聞いてんだけど」

 だけど、すぐに怒らず問いかけたのは、信じたくなかったからなのかもしれない。

 彼女たちがいるその先に莉子がいるなんて、信じたくなかったんだ。

 だけど、莉子が彼女たちにいじめられているなら、俺が助けなきゃ。絶対に守らなきゃ。

 だけど教室に響いたのは、
「……ちがうのっ、海！」

助けを求める莉子の言葉じゃなかった。
　どうしてかはわからないけど、莉子は俺をとめようとしている。
　青ざめる女子たちをかき分けて、
「ちがう……ちがうよ、海。大丈夫だから……」
　俺に抱きついて、そう繰り返す。
　何がちがうのか、この状況の何が大丈夫なのか、俺にはさっぱりわからない。
　どうしたらそう言えるんだよ。
　それで納得できるわけないだろ。
「莉子……」
「私は大丈夫だから、海は部活に戻って？　ね？」
「そんなの……。できるわけねーだろ……っ」
　顔を上げた莉子の顔は濡れていて、泣いていたのは一目瞭然(いちもくりょうぜん)。
　それなのに大丈夫だって？
　部活に戻れだって？
　それ、本気で言ってんのかよ。
　冗談じゃねーよ。
「海。ね、お願いだから」
「そんなお願い聞けるかよ……っ‼」
　声を荒らげれば、揺れる莉子の肩。
　大丈夫だから。俺が守るから。
　……俺は莉子の彼氏だから。
　そう思って、不安そうな莉子の向こう側の女子たちへと

向かっていったはずだったのに。

「……だったのに？」
　俺はそこで言葉に詰まり、話すことを一旦(いったん)やめた。
　その途端に、黒目がちできれいな芽依ちゃんの瞳が揺れる。
　その瞳がいつかの莉子とリンクして、思わず目をそらした。
　芽依ちゃんにこれ以上話せば、嫌われるんじゃないかって思ってしまう。
　いつか壊してしまう日が来るくらいなら、いっそ今嫌われてしまおうと思って話し始めたくせに、俺はためらっていた。
　だけど俺は向き合わなきゃないけない。
　自分のためにも、莉子のためにも。
「俺さ、そいつらを前に、どうするのが正しいのかわからなかったんだ」
　さっきの雰囲気からして、莉子はこいつらにずっといじめられてたんだろう。
　最近増えた怪我も忘れ物も、こいつらのせいなのかと思うと。
　傷つけられて、だけどそれを必死に隠して、耐えてきたのかと思うと……。
　そしたら、憎くて、腹が立って。

「あの時の俺に、冷静な判断なんてできるわけがなかったんだ」

　もっとよく考えるべきだった。

　慎重になるべきだった。

「……気付けば、莉子をいじめた奴らを殴ってた」

　ただ、感情のままに動いたんだ。

　ガキだったんだよ、俺は。

「必死でとめる莉子の声も無視して、リーダーっぽい女を殴って、机や椅子も蹴とばした」

　悲鳴が響いて、放課後の教室は一瞬で地獄と化した。

　莉子のためだなんて言って殴ったけれど、俺がとった行動は一体誰のためのものだったんだろうか。

「その後、俺は騒ぎを聞きつけた教師に取り押さえられた」

「それで……どうなったの？　持田と、殴られた子と……彼女さん」

　芽依ちゃんの声が、震えてる。

「何事もなかったかのように、消えた」

「消えた、って……何が？」

　空に浮かぶ月が、雲のせいで見え隠れする。

　なぁ、莉子？

　あの時、お前はどんな気持ちだったんだろう。

「俺が殴った奴は顔に怪我をした。たいした怪我じゃなかったけど、向こうの親が学校に来て大騒ぎ。まあ、当たり前だよな」

　自分の娘が顔に怪我をさせられたんだ。

普通の親なら騒ぐさ。
「そしたら……莉子が言ったんだ。『海は悪くないんです。私のせいなんです、私が悪いんです』って」
　莉子は何もしてないのに。
　莉子は何も悪くはないのに。
『海は、ただ私を守ろうとしただけなんです』
　そう、俺はただ莉子を守りたかっただけだったんだ。
　ただ、俺がやり方をまちがえただけ。
　なのに、どうして莉子ばかり傷ついてしまったんだろう。
「そう言いながら、あいつは突然制服の袖(そで)をまくった。そしたら、そこには、目を背けたくなるほどの痣があった。その場にいた俺も、俺の親も、教師も。俺に殴られた奴も、殴られた奴の親も……誰もが言葉を失ったよ」
　なのに、莉子はひとりで淡々と話し始めたんだ。
　俺を見て、大丈夫だからとでも言うように微笑みながら。
「あいつの話は、俺の想像を超えてた」
　いじめは、俺と莉子が付き合い始めてから、すぐに始まってたんだ。
　自分の容姿が悪くないことは自覚してたけど、まとわりついてくる奴らがウザくて。
　ちゃんと彼女ができたら、それもなくなるかな、なんて思ってたんだ。
　そいつらの俺への感情が、妬(ねた)みとなって莉子へ向かうなんて思ってもみなかった。
　初めは無視や陰口(かげ)。

だけど、そんなのは女子同士では特別珍しいことでもなかった。
　だからその程度のことで、莉子は俺と離れようとはしなかった。
　何よりも彼女には自信があったから。
　俺に愛されているという絶対的な自信。
　すると、次は物がなくなるようになった。
　教科書、体操服、上靴。
　数日すればだいたいの物は見つかったけれど、落書きされていたり、泥だらけだったりして、とても使える状況じゃなかった。
　だけど、彼女はそれに耐えることよりも、俺にバレないようにする方に必死だった。
「意味わかんねぇよな……。俺、彼氏だったのに」
　言ってほしかった。
　相談してほしかった。
　助けになりたかった。
「……彼氏だから、言えなかったんだよ」
「……え？」
　闇に消えてしまいそうなほど小さな声で、芽依ちゃんがつぶやいた。
　顔を見れば目をふせ、唇をぎゅっと噛みしめていた。
　まるで何かを悔やんでいるかのように。
　そして俺は、そんな彼女をきれいだと思ってしまった。
「大切だから、余計な心配かけたくないの。迷惑かけたく

ないの。……面倒くせぇな、って思われるのが怖いの」
「芽依ちゃん……？」
「……嫌われたくないって。そう思ったら言えないの」
　そっと腕を伸ばして、隣に座る彼女を抱きしめる。
　なんで、震えてるの？
　ねえ、どうしたの？
　遠いよ、芽依ちゃん。
　いなくならない？　俺を置いて、どこかへ消えたりしない？
　何度強くなろうとしても、弱気な自分が顔をのぞかせる。
　本気で変われると思ってるのか、って俺に問いかけてくる。
「ごめん、話遮ったりして。……続けて？」
　そう言って、俺の体をそっと押し返す。
　その手にも、声にも、力がない。
　だけど、今は何も聞かないでほしい。そういうことなんだと思う。
「……わかった」
　だったら俺は、それに従うしかない。
　芽依ちゃんに、嫌われたくないから。
　もう、何も失いたくはないんだ。
　なんて、手にも入れてねぇくせに、よく言うよって感じだよな。
　だけど本当に大切なんだ、芽依ちゃんのことが。
　失うことが怖くて手にするのさえ、ためらうほどに。
　いつか縛(しば)りつけて壊してしまうんじゃないかって、本気

で思ったりするんだ。
「俺と別れない莉子に対する苛立ちを抑えきれなくなった奴らは、ついに直接的に攻撃するようになった」
 俺の部活が終わるのを教室で待っていた莉子を集団で殴ったり、蹴ったり。
 莉子は、どれほどの痛みに耐えていたんだろう。
 想像するだけで、握った拳が震える……。
 そんなある日、莉子はいじめてる奴らに言ったんだ。
『海が、怪我のこと不審に思い始めてる』
「わざわざ、言ったんだ。そんなこと言って現状が変わるわけなんてねーのに」
 そんなことを言えば、チクったと言われ、じゃあ今度は外から見えない場所を集中的に攻撃されるのがオチだって言うのに。
 実際に、そうだったらしい。今度は目立たない場所を殴られ、蹴られるようになった。
 じゃあ、彼女は何を思って、何を願って、その言葉を言ったんだろうか。
 耐えて耐えて、耐え抜いて。
 彼女はどうしてそれでも、俺のそばにいたいと思ったんだろうか。
「莉子は『私が勝手に言わずにいて、偶然が重なって海にバレてしまった。この話に海が悪いところなんてありますか？』って言って、泣いてた」
 それは莉子をいじめていた奴を殴った日に次いで、俺が

見た莉子の二度目の涙だった。
　どんなに辛くて苦しくても泣かなかったのに、弱いところなんて見せなかったのに、俺を守ろうと泣いてたんだ。
「どうしたらいいかわかんなかったよ。ただ、泣いてる莉子を見てることしかできなかった」
　『この話に海が悪いところなんてありますか』と、莉子は言った。
　だけど、そうじゃない。
　殴ってしまった時点でどんな正義も悪になる。
　でも、その場にいた誰もが、何も言えなかった。
　否定も肯定もできなかった。
　彼女の言葉になんと返すのが正解なのかすらわからなかった。
　結果、誰も処分されなかった。
　俺は、殴った奴へ、いじめの中心人物と仲間たちは莉子への謝罪。
　たったそれだけ。
　たったそれだけのことで、いつもの日常に戻されてしまった。
　そんな簡単に、莉子の心の傷が癒えるわけないのに。
　でも、だったら俺がそばにいて、精一杯支えよう。
　何があっても大事にして守り抜こう。
　そう思った。だけど……。
「莉子は、ちがった」
「……え？」

「謝罪から3日後。いつまでたっても莉子は教室に姿を現さなかった」

「なぁ……っ、莉子は？」
　始業時間になっても、莉子が現れない。
　いつもなら、とっくに来てるのに。
　俺よりも先に来てるはずなのに。
　ざわつく胸を落ち着かせようと、莉子と一番仲のいい女子に聞いてみる。
　こいつなら、何か知ってるかもしれないと思って……。
「なんか……具合悪くて、今日は休むみたい」
「……ほんとに？」
　聞き返したのは、彼女の瞳にかすかな動揺が見えたから。
「ほんとだよ……」
「じゃあなんで、そんな顔してんだよ」
「ほんとに何も、ない……っ」
　指摘すれば、泣きだしそうになった。
　彼女の声はかすかに震えている。
　だけど、彼女は「具合が悪いだけ」の一点張り。
　……怖い。
　何を隠されているのかわからないから。
　俺には予想すらできない。
　その時、教室のドアが勢いよく開いた。

みんなの視線を一斉に集めたのはクラスの男子。
走ってきたのだろうか、乱れた呼吸を整えもせず、彼は叫んだんだ。
「佐原が自殺したらしいぞ!!」
教室から音が消える。
静寂がクラスを包む。
次第に状況を飲み込み、騒がしくなっていく教室で、俺は、取り残されていた。
……佐原って、莉子のこと？
え、嘘だろ……。
だけど、信じられなくて、頭がついていかなくて。
「嘘、だよな…？」
目の前の彼女にすがるしかなかった。
否定してくれよ、嘘だって言ってくれよ。
だって、俺はこれから莉子と一緒に……。
だけど、彼女は俺に残酷な言葉を放った。
「朝起きたら、莉子からメールが来てて。ごめんねって、書いてあって、怖くて怖くて、慌てて莉子の家に行ったら……救急車が来てた。……信じたくなくて、受け入れられなくて、その場から逃げるように学校に来た」
嘘だとは言ってくれなかった。
瞳から涙があふれ、頬を伝う。
両手で耳を覆い、首を振る彼女はすべてを拒否しているようで、とても嘘だなんて思えなかった。
昨日「また明日」って莉子、言ってたじゃねーか。

なのに、どうして……。
「……持田くんのせいだよ」
　まるで俺の心を読んだかのようなタイミングで放たれた一言は、まだ理解に苦しむ俺を、さらに混乱させた。
　……俺の、せい？
　莉子の自殺が……俺のせい？
　正しい情報がなく、憶測で話が進む中、彼女は断言した。
　俺が莉子を自殺に追いやったと。
「……なんでっ、俺のせいなんだよ……。はは、意味わかんねぇよ」
　喉が渇く。視界がゆがむ。
　胸が苦しい。頭痛がする。
　思わずこぼれる乾いた笑い声。
　ただ、混乱していた。
「すべて終わった、とか……思ってない？」
「……え？」
「あいつら、莉子に対する嫌がらせ……やめてなんかなかったんだよ」
　俺を見上げる瞳が、『知らなかったでしょ？』と俺を責める。
「バカじゃないの……。殴ったせいでさらにそれが莉子を追い詰めた……。ふざけないでよ。なんでいつもいつも‼ 苦しむのは莉子なのよ……っ」

「終わったとか思ってたのは俺だけ。次に進もうとしてたのも俺だけ。俺は莉子の手をつかめてないことにさえ気付かなかったんだ」
　ほんと、バカ。
　我ながら呆れる。
　俺や親、学校にバレたことに腹を立て、殴られた奴の仲間は、さらに陰険な嫌がらせを続けてたらしい。
「……莉子は、誰かに言ったらあんたのこと死ぬまで恨んでやるって、言われたんだってさ。たまたま聞いてた莉子の友達が、俺に相談した方がいいって持ちかけたらしいけど……」
「彼女さんは言わなかった。ううん、言えなかったんだよね」
　まるで、莉子の気持ちがわかるかのように話す芽依ちゃんが、よくわからなくて不安になる。
　君も同じような傷を抱えてるのだろうかって。
　いつか俺にもその傷のことを隠さず話してくれる日が来るのだろうかって。
　そしてその時、俺は受け入れて君を支えることができるのだろうかって。
「……それで、どうなったの？」
「立ち尽くしてると、担任が来て。俺だけ呼び出されて説明があった。……莉子が、手首を切って自殺を図ったって」
　それでもまだ、自覚なんてなかった。
　だって俺の記憶の中の最後の莉子は、笑っていたんだか

ら……。
　すぐ病院に駆けつけようと思った。
　担任は、命に別状はなかったって言ったけど、不安だった。
　だけど……。
「俺のせいって言葉が、莉子のところに走りだすのをためらわせた」
　本当に、莉子は俺に会いたいんだろうか。
　俺は会いにいっていいのだろうか。
　その時の俺には、わからなかった。
　どうするのが正しいのか。
　何が莉子にとっての幸せなのか。
「今は俺の顔なんて見たくないんじゃないかって思うと、とてもじゃないけど病院なんて行けなかった」
　家に帰って部屋に入り、携帯を見るとランプが点滅していた。
　恐る恐る画面を見ると、やっぱり莉子からだった。
　時間的に、病院に運ばれた後に送ったものだとわかった。
　彼女は、この世から消えようとする時でさえも、俺に何も告げてくれなかったのだと思うと、さらに悲しくなった。
　俺は、莉子にとってなんだったんだろう。

From：莉子
―――――――――――――――――――――――――
　海、ごめんね。
　私、死ねなかったや。

怒ってるよね？　悲しいよね？
　苦しいよね？　辛いよね？
　わかってたの。
　私が海のそばにいたら重荷になっちゃうって。
　私なんかが海のことを好きになっちゃいけなかったのかな？
　ひと目惚れだった。
　そして、知れば知るほど好きになったの。
　いろんなことを隠し続けて、いつかバレた時に海を苦しめるってわかってたのに、言えなかった。
　だからといって、海から離れるなんて無理だった。
　他の子に海が微笑みかけるなんて。優しくするなんて。
　好きだって言うなんて。
　想像するだけで頭がおかしくなりそうだった。
　だから、消えてしまおうって思った。
　それが一番だと思ったの。
　バカでしょ？　その上死に損ねて。
　ねえ、私、転校するんだ。
　だから海のそばにはいられない。
　海もこんな彼女嫌でしょ？
　だから病院にも来ないでほしい。
　別れよう、海。
　返信は、いりません。

「何もかも一方的に突き付けられて、突き放されて。でも、俺は受け入れたんだ」

まるで、そういう運命だったんだろうというように。

「ありえねーだろ。離れるな、お前が必要だって病院に乗り込むことが、きっと正解だったんだよな」

涙さえ出なかった。

現実が受け入れられないからか、それほど莉子のことを好きじゃなかったのか。

……どっちなんだろうな。

「持田は莉子さんが大事だったんでしょ？ これ以上傷つけてしまうのが怖かっただけなんでしょ……？ 好きじゃなかったとか、それはちがうよ」

芽依ちゃんは俺の言うことを否定して、慰めてくれる。

ほんとに優しいなと思う。

だけど、ちがわないよ。

「もし、今芽依ちゃんが莉子と同じことをしたら……俺は病院に行くよ。何があっても離したりなんかしない」

芽依ちゃんを失うなんて考えられない。

莉子の時のように、簡単に手を離したりしない。

逃げようとするなら、どこまでも追いかけるよ。

「莉子が転校した後、探そうなんて思わなかった。最低だと言われるだろうけど、気持ちが軽くなった気がした。なんか……背負ってたもんがなくなったっていうか」

なんだか、苦しみから解き放たれた気がした。

たいして苦しんでないのに。

あの頃はめちゃめちゃ好きなつもりでいたのに、あっけなかった。
　自分の気持ちがあまりにも簡単で脆くて、笑えた。
「そしたら、いろんなことがどうでもよくなった。部活もやめて、毎晩遊び歩いて。そんな生活を続けて、中３になりたての頃、俺は他校の奴に絡まれたんだ」
　知らねー奴に絡まれるなんて初めてじゃなかったけど、その日はなぜか面倒で相手にしなかったんだ。
　だけど、逃げんのかって、しつこくて。
　厄介な奴らに絡まれたなって思ったけど、もともとサッカー部で足や体力には自信があったんだ。
　だから走って逃げることにした。
　路地裏を使って逃げて、大通りに飛び出した瞬間、俺は誰かにぶつかったんだ。
「それが……芽依ちゃんだったんだ」
「……私？」
　彼女を見ずにそう告げると、困惑した声が聞こえた。
　俺と莉子の話だったはずなのに突然出てきた自分の名前に驚いている。

　俺は思いっきりぶつかって、その場に倒れた。
　顔を上げると、俺と同じように倒れる女がひとり。
　……同い年くらいか？

大丈夫か、そう聞こうとしたら
「大丈夫か、芽依っ！」
　　学ランを着た男が駆け寄ってきた。
　　雰囲気からして、恐らく彼氏だろう。
　　ふせられた瞳を縁取る長いまつげ。
　　色素の薄い髪。
　　通った鼻筋に、優しい声。
　　男なのに、きれいな容姿だと思った。
　　そしたら、そのきれいな顔がこちらに向けられ、彼女を心配した声と同じとは思えない声で怒鳴った。
「危ないだろ、どこ見て歩いてんだよ！」
　　彼は、思いきり俺に向かって怒りをあらわにした。
　　圧倒された。
　　穏やかで優しそうな奴が、突然顔つきを変えたから。
　　……彼氏って、女の子を好きになるって、こういうものなのかもな。
　　そう思えた。
「もう、どうしたの。怒りすぎだよ。ビックリしちゃってるじゃん」
「だって、こいつが……」
「ぶつかっちゃったのは私も向こうも同じじゃん。……あ、大丈夫ですか？」
　　そんな彼氏をなだめて、俺に声をかけてきた彼女は、目を見張るほど、きれいだった。
　　しっとりとした黒い髪に、白い肌。

勝ち気な瞳、でもどこか優しく温かい雰囲気。
　好みのタイプだと思った。
　でも、心のどこかで思ったのかもしれない。
　……少し莉子に似ているかもしれない、って。
「顔、すりむいてますよ」
　ポケットからハンカチを取り出し、俺に向かってそれを差し出して微笑む。
　その優しさも。
　どこか、莉子にリンクした。
「……もう、行くぞ。芽依」
「え、ちょっ……待ってよ！　あ、ぶつかっちゃって本当にすみませんでした！」
　ペコリと深く頭を下げながらそう言うと、彼女は彼氏の背中を追いかけて走っていった。
　残されたのは、彼女のハンカチと甘い香り。

　後日、俺は隣の学区にある中学の門の前に立っていた。
　手には、洗濯してアイロンまでかけたハンカチ。
　……もう一度、彼女に会いたかった。
　ただ、なんとなく、会いたいと思った。
　あの優しい笑みを俺に向けてほしいと思ったんだ。
　覚えている制服の感じだと、この中学でまちがいないはず……。
「……あんた、何やってるの？　みんなが立ち止まってあんたを見てるせいで、人だかりができて邪魔なんだけど」

「……は?」
　ずいぶんかわいらしい声をしてるくせに、棘のある口調。
　なんだこいつと思って目を向けると、俺よりもかなり低い位置に、かわいらしい顔をした女が立っていた。
「別に、人待ってるだけなんだけど」
　そう答えると、じろじろと俺を見てくる。
　何、こいつ。めちゃめちゃ感じ悪い。
　黙ってりゃかわいいのに……まぁ好みじゃないけど。
「……人?　こんな彼氏がいる人なんて知らないなぁ……。第一、あんたに釣り合うようなかわいいフリーの女子がいないし」
　なんか、地味にほめられたし。こいつ、わけわかんない。
「彼女じゃねーんだけど」
　人を待ってるからって、彼女待ちとは限らないと思うんだけど。
「ふーん、じゃ誰待ってるの?」
　図々しい女だな……。
　でも、俺が会いたい女はこいつの知ってる奴かもしれないし。
「女。たしか……"めい"って名前の」
　優しそうなイケメン彼氏がそう呼んでたよな、たしか。
　あやふやな記憶からそうつぶやくと、女の顔つきが変わった。
「あんた……芽依の何?」
「あんた、知ってんの?」

マジかよ。話早いじゃん。
　こいつに呼んできてもらえばいい。
「……芽依のこと好きなわけ？」
「いや、別に……」
「あきらめな。あの子には超絶イケメンの彼氏がいるんだから」
　そう言うと、俺に背を向けて歩きだそうとする。
　……いや、ちょっと待てよ！
　勝手に話終わらせんなよ！
「ハンカチ返しに来たんだよ！　知ってるよ、超絶イケメンの彼氏がいることくらい！　人の話はちゃんと聞けよ！」
　そう言うと、立ちどまってふり返ってはくれたけど、その顔はまだ俺のことを怪しんでいる。
「好きでもないのに、ハンカチだけでわざわざ学校まで来るわけ？」
「……あぁ、悪いかよ」
　だって、借りたもんは返さないと。
　そんなの常識だろ。
「今まで、芽依に寄ってきた男の中で２番目にイケメンなのに、一番消極的だね、あんた」
「だから、好きじゃねぇって……！」
「まぁ、いいや。私が渡しておいてあげる。……ほら、貸しなさいよ」
　そう言いながら、偉そうに手を出してくる。
　ほんとは自分で返したかったけど、これ以上食い下がっ

ても仕方がないと思った。
「……ん」
　しぶしぶ、ハンカチを渡す。
　まあ、返せただけでもよかった。
「はい、しっかりと預かりました。ってことでサヨナラー」
　なんかこの女、すげぇムカつくし納得いかないけど。
「あ、そう言えば！」
　帰り始めた俺を今度は女の方が呼びとめる。
　なんだよ、もう俺に用なんてないだろ……。
「あんた、名前は!?」
「持田海」
　オッケイと返事が返ってきて、今度こそ帰ろうとしたら、
「私は近野千春！　って……聞いてる!?　消極的なイケメン！」
　なんて、失礼なことをサラリと言いながら名乗ってきた。
　いやいや、お前の名前なんて聞いてねぇよ。
　変な奴、でも
　悪い奴じゃないんだろうな。

「……千春？　そして、これが私と持田の出会い？」
「そ。まさか高校で再会するとは思ってなかったけど」
　……やっぱ芽依ちゃんは覚えてねーよな。
　てか、近野から高校の入学説明会で「消極的イケメンで

しょ」って声かけられた時はマジでひびった。
「じゃあ、ハンカチ貸してくれたことは覚えてる？」
　何か俺に関わることを覚えていてくれたらうれしいな、と思って聞いてみたけど、芽依ちゃんは首をかしげるだけ。
　……まあ、ちょっとした出来事だもんな。
「……ごめん、中学の頃のことは思い出したくない」
　芽依ちゃんは、それ以上のことは話そうとしない。
　それを聞くことさえ許さないように瞳をふせて、表情をなくす。
　……だから、気になったんだ。
　近野と再会して、もしかしたら彼女と友達になれるかもなんて、淡い期待を抱いた。
　そのまま近野の後をつけたら、見つけたんだ、芽依ちゃんを。
　だけどそこにいた芽依ちゃんは、まるで別人だった。
　記憶の中の彼女と変わらず、そこにいた彼女は美しかった。きれいだと思った。
　だけど、雰囲気がまったくちがった。
　出会った頃の芽依ちゃんが白というのなら、入学したばかりの頃の芽依ちゃんは黒だった。
　何かをあきらめたかのように、ふせた瞳。
　きつく結んだ唇。
　楽しそうに話す近野の隣で笑っているけれど、まるで彼女だけここにいないような。
　世界から取り残されたような顔をしてた。

……何があったんだって思うよりも先に、あの頃の笑顔を俺が取り戻してみせる。
　もう一度、あの頃みたいに笑ってほしい。
　そう思った。
　だけどその瞬間、頭に浮かんだのは莉子だった。
「何よりも大切だと思っていた彼女も守れなかった俺に、芽依ちゃんのことを何も知らない俺に、何ができるんだって。……また同じことを繰り返すのかって、莉子に言われているような気がした」
　でも、どうしようもなかった。
　とめられなかった。
　莉子の傷が癒えたのか、もはやそんな傷があったのか、そんなことなんにもわかんなかったけど、俺はとにかく芽依ちゃんにあの笑顔を向けてほしいって、純粋に思ったんだ。
「んで、俺は決意して、髪の毛を赤く染めた」
「……うん、待って待って。髪の毛を赤く染めるのは、関係なくない？」
「だってさ、赤髪って強そうじゃん？　俺、身体もデカいし、なんかめっちゃ強そうに見えて、そしたら誰も近寄ってこないんじゃねーかなって。そしたら、俺が芽依ちゃんの近くにいても、誰も簡単には何もできないんじゃないかなって思ったんだよ」
　大きなため息をつく芽依ちゃん。
　……どうせ、俺はバカですよ。
　どうやって近付こうかって考えて、挨拶から始めてみた

けど、すごい嫌な顔をされて。
　なんでだろうって考えて、ずっと観察してたら気付いたんだ。
　……あぁ、男がダメなんだって。
　中学の頃は彼氏がいたのに、再び出会った芽依ちゃんはあきらかに男を避けて生きていた。
　その姿は男を嫌っているようにも見えたし、どこか辛そうに見えた。
　きっと、男が彼女を変えてしまった原因なんだろうって。
　でも、俺が男である事実はどうやったって変えられない。
　じゃあ、慣れてもらうしかない。
　そう思って、俺は毎日芽依ちゃんにつきまとうようになったんだ。
「……でも、赤髪が余計にびびらせてるかもって考えなかったの？」
「ん……？」
「あぁ、もういいよ」
　最初は笑わせたい。本当にそれだけだったんだ。
　だけど、少しずつ話してくれるようになってくれたのが嬉しくて。
　呆れたような顔も、迷惑そうな顔も、どんどんかわいいって思うようになって。
　気付いた頃には……欲しくて欲しくて、たまらなかった。
　その瞳で俺だけを見ててほしくて。
　その手で俺だけに触れてほしくて。

その声で俺だけを呼んでほしくて。
　もう、芽依ちゃんしかいらないって思うようになった。
　だけど、そんな俺の気持ちが芽依ちゃんには迷惑だろうから、芽依ちゃんを困らせちゃうから、消さなきゃダメだと思った。
　さらに、莉子と同じように芽依ちゃんも嫌がらせを受けるようになったって知って……あきらめなきゃって本気で思った。
「だけど、もう引き返せなかった……」
　今さら、嫌いになれなくて、友達なんてポジションも欲しくなくて。
　まったく関わらないってことも無理だと思った。
　……だけど、海で、芽依ちゃんが元彼と再会した時には焦った、どうしようもなく焦った。
　元彼が芽依ちゃんを見る瞳が……俺と同じだったから。
　欲しくて欲しくて、でも手は伸ばせなくて。
　焦がれるように見つめる瞳が、今でも彼女が好きだと言っていた。
　その日は、芽依ちゃんに近付いても嫌がられなかったのが、嬉しくて。
　しかも俺以外の奴に触れられた時は、顔を真っ青にしてて。
　……少し、近付けた。そう思ったんだ。
　だから、俺は彼のその瞳を見て、慌てて芽依ちゃんを連れてその場から離れようとした。

『待って、芽依』
　だけど、あの男は芽依ちゃんを引きとめた。
　その声に越えられない壁を感じた。
　俺のほうが想ってる自信があるのに、簡単に芽依ちゃんを呼び捨てにするなんて、ズルい。
　どうやったって俺にはわからない、ふたりだけが共有していた時間。
　俺の知らない芽依ちゃんをこいつはたくさん知ってるのかと思うと、やりきれなかった。
　そして、俺が何よりも傷ついたのは、芽依ちゃんが男を嫌いになり始めたのは、この男のせいだと思ってたのに、芽依ちゃんは元彼に触れられても平気だったことだ。
「離して」とつぶやいた声は他の男へのものとはちがって、込み上げる感情を抑えるような、泣きそうな声だった。
　名前を呼ぶだけで、腕をつかむだけで、こんなにも芽依ちゃんの心をかき乱すコイツがうらやましくて、憎かった。
　だから、焦って砂浜で芽依ちゃんに「好きになってよ」なんて言って抱きしめて、その上芽依ちゃんから謝られて。
　もう本当にやめようと思った。
　髪を黒く戻したら、芽依ちゃんを好きじゃなかった頃の俺に戻れると思った。
　だけど、不意に口からこぼれる名前も、目を閉じれば浮かぶ顔も、すべて芽依ちゃんで。
　どうしたらいいかわからなくて、もどかしくて、歯がゆくて、イライラして。

ケンカして、殴って、蹴って。片っ端から当たり散らした。
　儚くて、美しくて、そんな芽依ちゃんの隣に相応しい男から、どんどん離れていった。
　そんな日々を繰り返して、増えるのは傷だけ。
　行き場をなくした想いはなくならず、むなしさばかりが俺を苦しめていた。
　……なのに。
　芽依ちゃんは、危険をかえりみずに飛び込んできた。
　公園について、最初は突き放すつもりだった。
　芽依ちゃんが来てくれてすげー嬉しかったけど、そばにいちゃダメだと思った。
　会いたかったのに、触れたかったのに、大好きなのに。
　芽依ちゃんを目の前にしたらすべてが許せない気がした。
　だけど、あきらめるなんて、やっぱり無理だよ。
　俺の過去をすべて話しても、変わらず隣に座っていてくれて。
「……芽依ちゃん」
「……ん？」
　名前を呼べば返事をしてくれて。
　たったそれだけで、幸せなんだ。
　嬉しいんだよ。
　……そんな彼女を俺だけのものにしたい。
「好きだよ……ほんとに。もう、すげぇ好き」
　お願いだから、俺の言葉にどうか答えて。
　俺のこと、好きになってよ。芽依ちゃん。

逃げちゃだめ

　そらされることのない真っ直ぐな瞳に、言葉。
　すべてそれが私に向けられて、苦しくて、逃げたくなった。
　持田の過去を聞いて、そこまで驚かなかったのは、莉子さんのイメージが中学時代の自分と少し重なったから。
　私は蹴られたりはしなかったけど、空と付き合っていた頃、空のことを好きな人たちから陰口を叩かれたりしてた。
　だから、心配をかけたくない莉子さんの気持ちがよくわかった。
　さっき持田は私と初めて会った時、莉子さんに似てると思ったと言った。
　それなら……。
「持田が本当に好きなのは……私？」
「……何、言ってんだよ」
　きれいな持田の瞳が揺れた。
　低くて甘い声が震えた。
「私に莉子さんの面影を重ねてるだけなんじゃない……？」
　私の声も震えていた。
「本気で言ってる？」
「……私はいつだって本気だよ」
「なんでわかってくれねーの？　ずっとそばにいたのに……なんで伝わらないんだよ」
　持田の悲痛な声に耳を塞ぎたくなった。

……本当は、伝わってるんだよ。
　……本当は、わかってるんだよ。
　持田が、私をちゃんと想ってくれてることなんて、わかってる。
　そんなの、わかりきってる。
「……私を助けたのだって、莉子さんへの罪滅(ほろ)ぼしなんじゃないの？」
　こんなこと欠片も思ってない。
　だけど、無理なの。
　真っ直ぐぶつかってこられると逃げたくなる。
「芽依ちゃん……っ」
　弱々しい声に、傷だらけの顔。
　いつもとちがう見慣れない漆黒の髪。
　そんな持田が私の心を強く揺さぶる。
　……お願いだから、そんな声で私を呼ばないで。
「……帰るね……私」
　耐えきれず、その場から離れようと立ち上がれば案の定、腕をつかまれて制された。
「なんで、逃げんだよ」
「帰らなきゃ、親が心配するでしょ…」
　……なんて、嘘。
　まだ、怒られるような時間じゃない。
　でも、口実が欲しかった。
　ここから、持田から、彼の真っ直ぐな想いから逃げ出す口実が。

……たとえそれが、すぐバレるような嘘であっても。
　だって私は知ってるから。
　彼はどんな嘘さえも、だまされたふりをしてくれるくらい優しいってことを。
「……そっか、そうだよな」
　持田の手に込められた力が緩んでいく。
　辛そうな顔をした私に、無理矢理何かしたり、言ったりなんかしない。
「じゃあ、送るよ」
「……ひとりで帰れるから」
　持田の手が離れたことを確認すると、私は彼の顔を見ることなく、そうひと言告げて、その場から走った。
　ううん、逃げだした。

　肩で息をしたまま、家に帰るとそのまま自分の部屋のベッドへ飛び込んだ。
　持田は、追いかけてはこなかった。
　わかってた、わかってたはずなのに。
　むしろそれを望んでたはずなのに。
　……寂しい。
　本当は、気付いてるんだ。
　この感情がなんなのか。
　わかってるけど……怖い。
　認めてしまうのが怖い。
　空のように、いつかは持田も私を捨ててどこかへ行って

しまうんじゃないかって。
　抱きしめる腕も温もりも、ささやかれる愛も、どこか信じきれない……ずっと続くなんて思えない。
　いつか終わる。
　どれだけ好きでも、いつかは終わりがきてしまう。
　それなら、最初からない方がいいんじゃないかって……思ってしまう。

『俺は芽依に会えて、本当に幸せなんだ』

　そんなことを言った優しい空でさえも、変わってしまったから。
　終わりは唐突で、残酷だった。
　……そういえば、空から連絡がきて、煮詰まっちゃって外へ出たんだった。
　ねえ、空？
　空と向き合えば、何かが変わる？
　私は前に進めるの？
　そしたらまた、男の人を信じられる？
　この人なら大丈夫……なんて飛び込める？
　苦しいよ、辛いよ。
　……最初は、意味がわからない変な男に目をつけられたって思ったの。
　赤髪で、背が高くて、イケメン。
　なのに朝も昼も学校にいる限り、うっとうしいほど、

くっついてきて。
　超ポジティブで、頭がおかしくて。
　ケンカしてるとか、タバコ吸ってるとか、変な奴らと一緒に悪さやってるとか、色んな噂が飛び交う奴で。
　だけど、困ってる時は助けてくれた。
　話を聞こうとしてくれた、慰めようとしてくれた。
　……そばにいてくれた、守ってくれた。
　痛みを知ってるから、誰よりも優しい心を持っていて、大切なものを大切だとはっきり言える強さを持っている。
　短気で、すぐ手やら足やら出してケンカするところは感心できないけど。
　それでも、それでも私は……。
「持田が……好き」
　自分の気持ちを初めて口にした瞬間、涙が頬を伝った。
　いつからそう思っていたかなんてわからないけど、私は持田が好きなんだ、大切なんだ。
　だから、失うことが怖くて、逃げたくなるんだ。
　でもそれじゃダメだ。
　この想いからはきっと逃げられない。
　それなら、私は向き合うしかないんだ。
　空と向き合って……強くなるしかないんだ。

背中を押してくれた人

　持田への気持ちを自覚して、空と向き合おう、そう思ったはずなのに。
「……はぁ」
　どうしてもメールが送れない。
　それは長かったはずの夏休みが終わって、2学期が始まった今も、まだ。
　何度も何度も送ろうと思ったのに、怖くて仕方がない。
　震える指を押さえつけてまで、メールを送る勇気も、覚悟もない。
　強くならなきゃ、そう思うのに。
　このままじゃダメだってわかってるのに。
　逃げ続けたって、誰も幸せになんてなれないことはわかってる。
　それに、もう逃げられない……。
　なのにどうして送れないんだろう。
「ダメだなぁ……私」
　朝、家にいてもモヤモヤするから、いつもよりかなり早いバスで登校した。
　ひとりの教室は寂しくて、余計に考えてしまう。
　……逆効果だったな。
　机にうつぶせになり、目を閉じる。
　頭に浮かぶのは、中学時代の空。

名前を呼ぶと、まるで陽だまりのように、ふわりと笑ってくれる彼。
　好きで、好きで、仕方がなかった。
　見た目だけじゃなくて、心もきれいで美しかった空が、とても好きだった。
　だからこそ、消えないんだ、あの日の彼が。
　だからこそ、怖いんだ。
　再び空を目の前にした時、冷静でいられるのか。
　ちゃんと聞きたいことは聞けるのか、自分に自信がないんだ。
「……あれ、柳瀬さん？」
　突然ドアが開き、驚いて顔を上げると、そこには私と同じように驚く市原くんがいた。
　……会うのは、海に行った日以来。
「おはよ、市原くん。……早いね」
「柳瀬さんこそ、早いね」
　どこかぎこちなくなりながら、挨拶を交わす。
　気まずくて再び顔をふせれば、市原くんは何も言わずに自分の席へと向かう。
　海でのことを思い出すと、どんな顔をして何を言えばいいのかわからなくて、困ってしまう。
　早く、誰か登校してきてくれないかな……。
「ねえ、柳瀬さん。ちょっといい？」
「……どうしたの、市原くん」
　ちらほらとクラスメートが登校し始めた頃、市原くんが

私のそばへやってきた。
　彼の方へ視線を向けると、辺りを見渡して教室の外に連れだされた。
　ここじゃ話せないってことかな。
　……何を言われるんだろう。
　憂鬱な気持ちを隠しきれないまま、市原くんの後ろをついて歩く。
　向かう先は、わかってる。
　何かあった時に、誰にも話を聞かれたくない時、いつも私たちが向かうのは屋上だから。
　持田がよくいるからという理由で、誰も近寄らないあの場所は、そういう時に最適だ。
「……あの元彼とはどうなったの？」
　屋上に続くドアを開けて、広がる青空を見上げながら市原くんは言った。
「え……」
「柳瀬さんの過去……。中学の頃のだいたいの話は、近野さんに聞いた」
「なんで知ってるの」と、私が尋ねるより先に市原くんは言った。
「そうだったんだ……」
　あの時かな。
　海で、私と持田が話してるときに千春と何か話してるみたいだったから。
　……じゃあ、市原くんはもう知ってるんだ。

中学の時に何があって、私がどうして男嫌いになったのかを。
「で、どうなったの？」
「どうって、言われても…」
　どうもなっていない。
　だって、メールはいまだに返せずにいるんだから。
　向き合おう、なんて思うだけで私は一歩も前に進んでいない。
「会いたいってメールが来て、それで……」
「そのままなわけだ」
　図星を指され、返す言葉が見つからず無言でうなずく。
「どうするの？　ううん、柳瀬さんはどうしたいの？」
　市原くんの真っ直ぐな瞳が私を見つめる。
　……私は、どうしたいか。
　そんなの決まってる。最初からわかりきってる。
「……過去を乗り越えたい。けど……」
「けど、何？　また傷つくのが怖い？　そうやって逃げ続けてなんになるの」
　少しだけ声が低くなって、思わず目をふせる。
　厳しいなと思うけど、市原くんが言ってることは正しい。
　けど、そう簡単に決意なんてできない。
　できてたら、こんなにズルズル引きずって悩んだりしない。
「大切だったから、あまりに大切すぎたから……。そんな簡単なことじゃないの……っ!!」
　逃げるな、なんて簡単に言われたくない。

私がどんな思いで、男を避けながら生きてきたか。
　そして、その過去と向き合うことが、私にとってどれほど怖くて逃げたくなるのか。
　市原くんにはわからないじゃん。
　なのに、そんな勝手で無責任なこと言わないで。
「柳瀬さんが、元彼から、過去から逃げて前に進まない。それって持田からも逃げてることになるんじゃない？　……持田の想いからも逃げるわけ？」
「え……？」
「あんな真っ直ぐ想ってくれる人から逃げて、傷つけて。柳瀬さんは、それでいいわけ？」
　頭に浮かんだのは、あの日見た傷だらけの持田。
　見慣れない黒髪に、痛々しい傷、苦しそうにゆがめた顔に、切なげな声。
　私は、もう十分に持田を傷つけた。
　なのに……私はまだ持田を傷つけるの？
　好きだって自覚したくせに、大切だって気付いたのに。
　私は、私はって、そればっかりで。
　持田の想いを無視してた。
　……そんなの、いいわけない。
「逃げたりなんか……！」
　しない、そう言おうと顔を上げたら、なぜかさっきより近くに市原くんがいて。
　あまりに真剣な瞳と目が合った瞬間、左手を強く引かれた。
「……逃げればいい」

何が起きたのか考えるよりも先に、耳元で声がした。
　近くで聞く声は、いつもよりずっと優しくて、甘くて、なんだか切ない。
「過去からも持田からも逃げればいいよ。そして、俺のところに来たらいい。どんな柳瀬さんでも、俺は受け入れるから」
　背中にまわされた腕にギュッと力がこめられる。
「お願いだから、今だけはこうさせて」
　苦しそうな声に胸をしめつけられる。
　……持田だけじゃない。私は今もこうやって、市原くんを苦しめてるんだ。
　そんな彼を突き放すことなんてできなくて、抱きしめられたまま、その声に耳を傾ける。
「無理矢理強くなる必要なんてない。そのままの柳瀬さんが俺は好きだよ。だから、ただ、俺のそばにいて」
　必要とされてるんだって伝わる。
　その優しさと真っ直ぐな想いに、思わずすがりたくなる。
　……でも、それじゃダメなんだ。
　そんなズルいことをしたら、きっと後悔する日が来る。
　そして、今以上に市原くんのことを傷つけてしまう。
　そんなことあっちゃいけないし、許されるはずがない。
　私は臆病なんかになってる場合じゃないんだよ。
　少しだけ体が離されて、市原くんが私を見つめる。
「……だから、俺にしなよ」
　その言葉に微笑むと、市原くんは困ったように微笑み返す。

「ありがとね、市原くん」
　私のことを一途に想ってくれて。
　助けてくれて、そばにいてくれて。
　……こうやって、背中を押してくれて。
　二度も告白してくれたのに断るんだから、ごめんねと言うべきなのかもしれない。
　けど、今伝えるのはこっちの言葉の方が正解だと思った。
　「ごめんね」は心の中でそっとつぶやくの。
「私、元彼に、空に会ってくる。ちゃんと、乗り越えてくるね」
　市原くんの言う通りで、傷つくとこを恐れてたら、何も変わらないもんね。
　そしたら何も手に入らないどころか、私はたくさんのものを失ってしまうと思う。
　もう私は何も失いたくなんかない。
　本当に大切なのものがなんなのか、わかったから。
　完全に体が離れて、それと同時に私は市原くんの手によって向きを180度変えられた。
　ふり返ろうとしたけど、市原くんの手が私の背中をそっと押した。
「……がんばれ、柳瀬さん」
　後ろから聞こえた声は少しだけ震えていた。
　屋上のドアについてる窓に映る市原くんは、うつむいていて、どんな顔をしてるかなんてわからないけど、なんとなく想像できた。

だから、私がそんな彼のためにできることはそれらに気付かないフリをすること。
「本当に、ありがとね」
　もう一度伝えると、私は屋上を後にした。
　階段の途中で立ちどまり、スカートのポケットからスマホを取り出す。
　……今なら、ちゃんと送れる。
　下書きに保存されたままだった空宛のメール。
　持田、市原くん、千春。
　みんなとちゃんと向き合いたい。
　だから空に会って、ちゃんと話そう。
　たくさん傷ついて、傷つけて、遠回りしたかもしれないけど。
　それでもやっと見つけた幸せをつかむために。
　踏み出す決意をした私は、メールを送信した。

第6章
過去を乗り越えて

過去にサヨナラ

　体育館での始業式を終え、教室に戻る途中、新着メールを受信してることに気がついた。
　自分で送ったくせに、返事が来ることなんてわかってたくせに、いざその名前を見るとメールを開くのをためらってしまう。
「……逃げたら、ダメ」
　そうつぶやいて、メールを開く。
　するとそこに書いてあったのは、今日、私の学校まで迎えにいくという内容だった。
　まず、会うのが今日だということに驚く。
　こんなにすぐに会うことになるなんて、心の準備が追いつかないよ。
　でも、きっと早い方がいいから、ちょうどいいのかもしれない。
　だけど、空が迎えにくるの？
　……ここに、空が来るの？
　校門で待たれたら、きっと持田の目にもとまってしまう。
　今日会うことを隠すつもりはないし、ちゃんと話すけど、なんとなく会わせなくないと思った。
　空と持田が鉢合わせしてしまったら、持田を傷つけてしまう気がする。
　だから、迎えにくるなら最寄りのバス停ぐらいにしてほ

しいとメールで伝えた。
「あ、芽依いたー！　なんでひとりで教室に戻っちゃうの。探したじゃん！」

　教室に戻り、席に着いてちょっと経った後に、わめきながら千春が体育館から戻ってきた。

　そして彼女の後ろには……。
「誘拐_{ゆうかい}されたかと思ったじゃん」
「……持田。この短距離、しかも校舎内でどうやって誘拐するって言うんだよ」

　顔をしかめる持田と、それに呆れる市原くんもいた。

　みんないるし、今、空と会うことを言っておこう。

　ちょっと、緊張してしまうけど……。

　3人の方に手招きすると、千春と持田はいつものようにすぐ駆け寄ってきて、市原くんは少し遅れて、何かを悟ったような顔して後に続く。
「私ね、今日、空に会ってくる」
「……は？」

　困惑した声をあげたのは、いまだに黒髪がなじまない持田。
「そっか……そうなんだ。がんばれ、芽依」

　少し考える素振りを見せた後、千春は笑顔でそう言った。

　だけど、持田ひとりは納得できないのか、難しい顔をしたまま。
「変わりたいの、ううん、変わらなきゃダメなの。……わかってくれるよね、持田」

　真っ直ぐ彼を見ながら言うと、仕方がないというように

うなずいた。
　だけど、不機嫌な顔が見えただけでわかる。
　感情がすぐ顔に出て、あまりにわかりやすい持田はまるで子どもみたい。
「柳瀬さんなら、大丈夫だよ。何かあったら、俺のところに来ればいい」
「は、なんでお前のところなんだよ。ふざけんなっつーの」
　どんな時でも市原くんには、すぐに食ってかかる。
「わかってるとは思うけど芽依ちゃんには、俺がいるから」
「お前みたいなバカに何ができるって言うんだよ」
「なんだと、市原!?」
　そんなふたりのやりとりに千春と目を合わせて笑っていたら、机の上に置いてあったスマホが震えた。
　空からの、返信かな。
「……そこまでしなくていいのになぁ」
「ん、相野？　なんて？」
「学校早退して、こっちに来るんだって」
「そっか、終わってからこっち来てたら、芽依が待たなきゃいけないもんね」
　そんな優しさが空らしいなって思う。
　私が知ってる、空だ。
「芽依が知ってる相野は、ちゃんと相野だったよ」
「……え？」
「芽依の前にいた相野は、偽物（にせもの）なんかじゃなかった。……だから大丈夫、きっとわかり合えるよ」

そう言って、ふわりと微笑んだ千春。
　嘘で固められた偽物だったんじゃないかと思うようになった笑顔も、優しさも。
　私の前にいた彼は、ちゃんと本当の空だったのか。
　今の私にはもうわからないから。
　だから、聞きにいくんだ。
　ずっと知りたくて、でも知るのが怖くて逃げてきた真実を。

　ホームルームが終わり、先生が教室を出ていく。
　それを合図に、みんなも部活のためや、帰るために教室を出ていく。
「……芽依ちゃん」
　隣の席の持田が私を呼ぶ。
　その声のままに彼に視線を向ければ、不安そうに揺らぐ瞳と目が合った。
「ほんとに、行くんだよな」
「うん、行ってくる」
　そう言って笑っても、彼の顔は曇ったまま。
　黒髪も、少しだけ変わった話し方も、たったそれだけの些細なことなのに、別人のように思える。
「そっか……。なら、行くか」
「え、ちょっ……持田!?」
　そう言うと私から鞄を奪って歩きだす。
　突然のことにわけがわからないと思いながらも、慌てて持田の背中を追う。

寂しそうにしてたのに、急にどうしたの？
　戸惑う私の声を聞いても、ふり返る様子はない。
　……もしかして、空のところまで一緒に行く気!?
　持田に空を会わせたくないから、バス停にしてもらったのに、それじゃ意味がない。
　私は腕をつかみ、無理矢理持田を立ちどまらせた。
「ねえ、持田……」
「大丈夫、途中まででいいから一緒に行かせてよ。頼むから……」
　目尻を下げて、すがるように言う姿を見ると、何も言えなくなってしまう。
　……その顔は、ずるいよ。
「絶対に途中までだからね」
　つかんだ腕を離して、彼の方を見ずに言った。
　そんな顔されたら私は、そう言うしかないじゃん。
「ありがとう、芽依ちゃん」
　靴を履き替え、ふたりで歩きだす。
「芽依ーっ!!」
　突然聞こえた大声に驚いてふり向く。
　顔を上げれば窓から身を乗り出して手を振る千春がいた。
「絶対に大丈夫だから、がんばって！」
「ありがと！」
　その体勢が危なすぎて心配になり、慌てて大きな声で返事をする。
　もう、落ちたらシャレにならないんだから早く引っ込

でよ‼
　でも、千春はさらに叫ぶ。
「あと持田！」
「……俺にもなんかあるのかよ」
　突然、自分に矛先が向けられ呆れたように持田がつぶやく。
「行かせるのが嫌だからって途中で誘拐なんてしたら、ぶっ飛ばす‼　わかってんの⁉」
「そんなのわかってるよ、うるせぇな。……もう行こう、芽依ちゃん」
　独り言のようにそうつぶやくと、持田は千春に返事をすることなく歩きだした。
「ちょっ、持田、聞いてる⁉」
　まだ何か叫んでる千春は気になるけど、私は持田を追いかけることにした。
　そして、隣に並んで歩く。
　バス停までかかる時間は、ほんの数分。
「ほんとにひとりで大丈夫なのに……」
　ボソッと小さな声でつぶやけば、持田には聞こえたみたいで。
「……俺が一緒にいてーんだよ、バカ」
　そんな心拍数(しんぱく)が上がるようなセリフを言われてしまった。
「なっ……‼」
　どんな顔してセリフ言ってるの、なんて思うけど、自分の顔が赤くなってるのがわかってるから、持田の顔を見られない。

心臓に悪いから、やめて欲しい……。
　赤い顔を隠すように、持田より少し前を歩く。
「近野って、芽依ちゃんのことになると急に口が悪くなるよな」
　ふと思い出したように持田が言う。
「……まあ、かわいい喋り方のイメージが強いかもしれないけど、もともとあんな喋り方をする子だったんだよね」
　気が強くて思ったことはズバズバ言う。
　お世辞にも上品な喋り方とは言えなかった。
　けど、空と別れた後、抜け殻だった私を励ますために、優しく、明るく私に話しかけるうちに、少しずつ彼女の話し方が変わってしまったんだと思う。
「……私のせいだね」
　うつむけば、頭に浮かぶ大切な人たち。
　千春も、持田も、市原くんも。
　不幸ぶって、私が一番不幸だって思い込んで、色んな人を悩ませて、苦しめた。
　でも、だからこそ、今日で終わらせるんだ。
「俺は芽依ちゃんに会えて、すげー幸せ」
　聞こえた声に顔を上げ、立ちどまってふり向く。
　少しだけ後ろを歩いていた持田は、私を真っ直ぐと見つめていて、嬉しい言葉を言ってくれた。
「だから、そんな悲しいこと言うな」
　終わったら、ちゃんと向き合おう。
　伝えなきゃ。

何度伝えてもきっと足りないほどの"ありがとう"を。
「それに芽依ちゃんだって、初めて会った時は優しかったのに、高校入ったらぜんぜんちがったじゃねーか」
「……ま、まぁね」
　正論すぎて苦笑いしか返せない。
「でも最近は優しくなって……今の芽依ちゃんの方が俺は……って、ダメだな俺。行ってほしくなくて必死で引きとめる言葉探してる」
「……持田」
「今、近野に言われたばっかりなのに」
　そう言って手で顔を覆うと、またゆっくりと歩きだす。
　持田の想いに胸が苦しくなる。
　その言葉になんて返すのが正解なのかなんて、私にはわからない。
　だから、そんな私から持田に言えることは、これだけだ。
「私、向き合ってくる。ちゃんと強くなる、乗り越えてみせる。だからね……けじめをつけたら、持田に伝えたいことがあるの」
「……伝えたいこと？」
　顔を覆っていた手が退けられ、視線が重なる。
　微笑むと、持田は少し困ったように笑った。
「だから、待ってて」
　私がちゃんと心からの笑顔で持田と向き合えるまで。
「伝えたいことってさ、いいこと？　それとも、悪いこと？」
「んー……」

おそらく持田にとってはいいことだけど。
「私にとっては悪いこと」
　持田を好きになるなんて、きっと私にとっては悪いこと。
　天と地がひっくり返ってもないと思ってた。
　迷惑で、とんでもない奴。
　そんなふうにしか思ってなかったから。
「そっか……」
　どこか寂しそうな声が返ってきた。
　ごめんね、今はまだ言えないから。
　だから、せめて砂浜で聞かれた質問に、きちんと答えるね。
「持田さ、この間、砂浜で私にまだ空のこと好きかって聞いたよね？　あの答えね……私、空のこと好きだとしても、それは恋愛感情じゃない」
　あの時は、嫌いじゃないって答えた。
　だけど今ならわかるよ。
　たしかに空のことは、嫌いじゃない。
　たとえ好きだという感情を抱いたとしても、それはもう恋愛感情じゃない。
　あの頃とは、ちがう。
　今は、これで許して。
　ちゃんと強くなった私で伝えるから。
「……そっか」
「うん」
　だから、持田とはここでバイバイ。
　ひとりで行かなきゃ意味がない。

守られてるだけじゃ、支えられらてるだけじゃ、甘えてるだけじゃ、ダメだから。
「もうすぐバス停だから、ここまででいいよ」
「……あぁ」
　持田を見て、笑顔を作る。
　そんな私を見て持田も笑う。
　私は過去と向き合うために、一歩を踏み出した。

大好きなのに、傷つけた【空 Side】

　芽依のことが本当に好きで、大切で。
　傷つけたくなくて、苦しませたくなくて、泣かせたくなくて。
　芽依には、いつも笑っていてほしくて。
　大好きな笑顔で、幸せでいてほしくて。
　芽依のためを思って手を離したのが、今までの俺の人生で最大のまちがいだったんだ。
　泣き出しそうな瞳が、震える声が、今でも俺の頭から離れなくて、責め続けるんだ。
「……空」
　あの頃と変わらない、でもどこかためらうように呼ばれた俺の名前。
　声に気付いて、視線をそちらに移すと、あの頃に比べると少し大人びて、きれいになった彼女が立っていた。
「……芽依」
　海で会ったあの日、あの時は戸惑って、それに気付く余裕がなかった。
　きれいな髪、白い肌。
　勝ち気だった瞳は頼りなさげに揺れていて、あの頃を思い出させる。
　俺が君を深く傷つけた、あの頃を。
「来てくれないかと思った」

目の前の彼女の姿を見て、思わず本音がこぼれる。
　本当に来てくれないかと思った。
　俺になんて会いたくないだろうから。
　俺のことなんて、嫌いだと思うから。
「約束したでしょ……？」
「……あぁ」
　約束、か。
　大事な約束を破ったことのある俺との約束を、芽依は守ってくれた。
　……優しすぎるよ。
　でも、知ってた、そんなこと。だからこそ、手離したんだ。
「バス、もうすぐ来ると思うから」
　過去の罪悪感から苦しくなって、話題をそらす。
　時刻表なんて見てないのに、口から適当に出た言葉だった。
「あのさ、わざわざ学校まで来てくれたんだから……この近くの公園で話さない？」
　控えめな提案。
　わざわざここまで来た俺を気遣ってくれたのか。
　それとも、俺とふたりでバスに乗るのが嫌なのか。
　……なんて卑屈(ひくつ)なことを考えながら、返事をした。
「うん、わかった。そうしよっか」
　芽依が提案した公園までの道をふたりで歩く。
　少しだけ前を歩く背中をそっと見つめる。
　こうやって一緒にいると、まるで中学の頃に戻ったような感覚になる。

自ら手離した、愛しい思い出。
　もう、どうやったって取り戻せないと思う。
「……芽依」
　小さな声で名前を呼ぶと、芽依は動きをとめた。
　だけど、ふり返る気配はない。
　中学の頃、呼びとめると『どうしたの、空？』そう言ってふりむいて、彼女が優しい笑みを浮かべるのが、とても好きだった。
　でも、今はちがうということを思い知らされる。
「ごめん、なんでもない」
　俺が謝ると、無言で芽依はまた歩き始める。
　もう、あの頃の芽依はいない。
　そうしたのも、それを望んだのも、俺。
　芽依を苦しめて、変えてしまったのも、俺。
　……男嫌い。この前、海で聞いた言葉が頭から離れない。
　俺のせいだと訴える、深く傷ついた顔をした彼女は、中学の頃を思い出させた。
　あの時に一緒にいた男たち。
　走り去った芽依を追いかける姿がうらやましかった。
　……中学の頃は、俺の役目だったのに。
　そんなのただの身勝手な嫉妬だってわかってる。
　そんな感情を抱く権利さえないこともわかってるんだ。
　わかってても、どうしようもない。
　どうしようもないのに、そう思ってしまう俺はズルいんだ……。

いつまでも芽依は俺の中から消えてくれないんだ。
でも今、目の前を歩いてるはずの芽依は、とても遠く感じる。
再会した彼女は、遠すぎて。
手を伸ばしたって、きっと届くことなんてない。
そんな彼女の背中を見つめながら、公園へと歩いた。
もしかしたら、俺にとって今日が彼女に会える最後かもしれない。
いいや、きっとこれが最後だ。
すべてを話して、嫌われる覚悟ができたから。
芽依は何も悪くないって、伝えにきたんだから。

公園に着き、ふたりでベンチに座った。
俺と芽依の間には、人がひとり座れるか座れないかくらいの微妙な距離があいている。
この距離を生んだのは俺なのに、どうしてこんなにもどかしくて、泣きたくなるんだろう。
そっと視線を上げ、芽依を見る。
どこか遠くをながめる視線は、彼女の戸惑いをそのまま反映させているようだった。
長いまつげをふせ、震える声で、芽依が言葉を紡いだ。
「……空なんて、大嫌いだって思った」
公園には俺たちふたりしかいなくて、芽依の言葉は静かな空間によく響いた。
そして、俺の胸に刺さった。

当たり前だ。
　覚悟してた。
　それでもハッキリと言われるとこたえる。
　でも、俺はそれ以上にひどいことをした。
「空のこと、好きだった。大好きだった。だからその分傷は深くて、自分じゃどうしたらいいかわからなかった。……あの日を思い出すだけで、息が苦しい」
　芽依の顔がゆがむ。
　あの日……それはたしかクリスマスが近付いた雪の降った日。
　俺がすべてから逃げた日。

儚い雪と思い出

思い出すだけで、眩暈がする。
思い出すだけで、息が乱れる。
思い出、なんて言葉で片付けることはできなくて。
拒んで拒んで、封印して。
空を、男を嫌うことでなんとか自分を保っていたんだ。
だから、終わりにしよう。
今日で、さよならしよう——。

「雪……降り始めちゃったな」
　クリスマスまで、あと1週間。
　……最近、空がおかしい。
　そっけないし、冷たいし、どこか上の空。
　このままクリスマスを迎えたくなくて、どうにかして前みたいな幸せな関係に戻りたくて、勇気を出して私からデートに誘った。
　待ち合わせの時刻まで、あと5分。
　……空は、ちゃんと来てくれるだろうか。
　念のため、金曜日の放課後、空のクラスのホームルームが終わるまで廊下で待って、友達と一緒に出てきたところを呼びとめて再確認した。

私の姿を見て少し驚いた表情を浮かべたけど、それも一瞬で、すぐに彼から表情が消えた。
　その冷ややかな視線を思い出すだけで、胸がチクリと痛んだ。
　……なんでこうなっちゃったんだろう。
　いつからこうなっちゃったんだろう。
　登下校は毎日一緒にして、休み時間になると廊下で話したりしてた。
　そんな当たり前だったことが、どうして変わっちゃったんだろう。
　ねえ、私は、空にとってなんなんだろう。
　優しい人だったのに。
　そんな彼が好きだったのに。
　私を見ても笑みを浮かべず、煩わしそうにする彼は、誰？
　私、何かしたかな。
　嫌われるようなことしたかな。
　いくら考えても心当たりなんてなくて、むなしくなって、やるせなさが増すばかり。
　デートの待ち合わせは駅前。
　今日は日曜日ということもあり、幸せそうな恋人たちがチラホラ見える。
　それなのに私は、来るかどうかもわからない人を待って……バカみたい。
　これは何に対する仕打ちなの？
　最後にデートしたのは、いつだっけ。

最後に笑顔を見たのは、いつだっけ。
　最後に芽依って呼ばれたのは、最後に触れたのは……。
「お願いだから……来て」
　赤いチェックのマフラーを口元まで上げて、唇を噛みしめた。
　好きだと言ったのも、付き合おうと言ったのも、空なのに。
　私ばっかり苦しくて……ずるいよ。
　報われない片想いを続けているようで、悲しくてたまらない。
『駅前に、着いたよ』
　本当は30分前からいるくせに、今着いたかのような文面を空に送る。
　時刻は午後2時。
　待ち合わせの時間になった。

「はは……っ、寒いな」
　それは身体か、心か。
　あれから時計の長針は何度回ったんだろうか。
　もう時間を確認することすら怖かった。
　空は、来ない。
　もちろん連絡なんてあるわけがない。
　指先は凍えるように冷たい。
　今も変わらず舞い散る雪に手を伸ばす。
　静かに消える雪は儚すぎて、つかめなくて……。
「……空っ」

私はその場に崩れ落ちた。
　　　しゃがみこんで、ひざに顔を埋める。
　　　公共の場で何やってるんだろうって思ったけど、顔を見られたくなかった。
　　　寒いよ、悲しいよ、辛いよ、痛いよ。
　　　空はどこにいるの？
　　　何をしてるの？
　　　何を思ってるの？
　　　誰といるの？
　　　……あなたの心に私はいるの？
「え……っ」
　　　ふと、空の声が聞こえた気がして顔を上げる。
　　　空が……来た？
　　　私が空の声を聞きまちがえるわけがない。
　　　辺りを必死に見渡して、目を凝らして、空を探す。
　　　……空、空、空。
　　　ちがう……ちがう、あれもちがう。
　　　気のせいだったかな……。
　　　ついに幻聴が聞こえるようになっちゃったのかな、なんてあきらめかけたその時だった。
「……っ」
　　　私の視線が前方に空をとらえた。
　　　そして、空も私を見ていた。
　　　嘘だろ、と言いたそうな驚いた顔をして。
　　　時計を見ると、午後6時。

……約束の4時間後。
　　やっと現れた大好きな人。
　　だけど、足は凍りついてしまったように動かない。
「なんで……？」
　　ポツリと口からこぼれた声は震えていた。
　　泣きそうなのは空が来てくれて安心したからじゃない。
　　……空がひとりじゃなかったから。
　　隣にいられるのは彼女の特権。
　　そう思ってたのに……ちがうの？
　　空の隣には、空と同じクラスの女子。
　　当たり前のように立っていて、まるでそこは元から彼女の場所のようだった。
　　これは悪い夢なんじゃないかって思った。
　　空が私に近付いてくる。
　　だけど、私の足は空から離れようとしていた。
　　あんなに会いたかったくせに
　　目の前にしたら、逃げたい。
　　見なかったことにしたい。
　　なかったことにしたい。
　　誰か、夢なら私を起こして。
　　そう思った。
「……芽依、何してるの」
　　久しぶりに名前を呼ばれた。
　　なのに、ぜんぜん嬉しくなんかない。
　　声が冷たい。

これなら、冬の寒さの方がよっぽど暖かい。
　だって、心まで凍らせたりなんかしないから。
「……空を、待ってたんだよ？」
　何してるのじゃないでしょ。
　約束したじゃん……。ねえ、空。
　……泣くな。絶対に泣くな。
　こんなところで泣けば、惨(みじ)めなだけだ。
「……空」
　どうか、私に教えて。
「私は、空の彼女だよね……？」
　震える唇で言葉を紡ぐ。
　私は空が好きで、空も私を好きだよね？
　思い上がりなんかじゃないよね？
　今ならまだ許すから。
　許せるから。
　……だから、お願いだよ空。
「はは、何言ってんの？」
　そう言って笑いながら隣にいる女の子の肩を抱いた彼は、もう知らない人。
　隣の女の子は何も言わないけど、彼女の瞳が私を嘲笑(あざわら)っているような気がする。
　何も考えられなくなる。
　わからない、わからない、何もかも。
「芽依のこと、彼女だなんて思ったことない」
　やめて、その声で、私の好きなその声で、そんな言葉を

言わないで。
　聞きたくない。信じたくない。
　……信じられるわけがない。
　あなたの今までの愛も温もりも、すべて私の勘ちがいだと言うのならば、私はもう何も信じられないじゃない。
「愛がなくたってキスくらいできるって知ってた？」
　……あなたは、空じゃない。
　私の知ってる、私の好きな空じゃない。
　ここまで来ると涙すらでない。
　代わりに口から出るのは乾いた笑い声。
　泣かなくたって十分惨めだ。
　バカだ、どうしようもなく。
　救いようのない奴だ。
　悩んだのも悲しんだのも、全部全部無駄だったんだから。
　あなたは初めから私のものなんかじゃなかった……。
「……嫌い、大嫌い」
　こんな自分が嫌い。
　何にも気付けなかった自分が嫌い。
「……なんなの、その目は。哀れんでるの？」
　大好きだったきれいな瞳が今は汚く見える。
　私は何を見てきたんだろう。
　私は彼の何を知ってたんだろう。
「……最低！　もう、大っ嫌い……っ！」
　完全に言い逃げだ。
　空の顔すら見ずにそう言って、私は走り去った。

逃げたんだ。
空から。
哀れな自分から。
舞い散る雪。
この雪のように、私も溶けてなくなってしまいたかった。

その出来事の後の私は、抜け殻状態だった。
空と喋ることなんてなかったし、避け続けた。
それは、向こうも同じだったと思う。
「……だから信じることをやめたの。嫌ったの。空と同じ男っていう存在を」
そしたらいつからか触られるのすらダメになった。
空はもういないのに、空との思い出は、いつまでも私にまとわりついていた。
「だけど、見つけたの」
視線を隣に座る空に向ける。
不安定に揺れる瞳は泣きそうだった。
まるであの日の私。
「あいつだけは、持田は……。何があっても私を裏切ったりしない。よくわかんないけど……そう言いきれる、そんな人を見つけたの」
それはきっと、私も持田を裏切ったりしない自信があるからなんだ。

空が唇を噛む。
　視線をそらされる。
「だから、教えて？　……あの頃、空にとって、私はなんでしたか？」
　あの日、聞けなかった答えを今ここで聞きたい。
　私が今の空に望むのは、それだけ。
　この答えだけでいい。
「私は空が好きだった。でも……空は私を好きじゃなかったの？」

幸せになって【空 Side】

「好きだった。すごく……好きだった」
　何を考えるよりも先に、当たり前のように口にした言葉。
　まぎれもない本心。
　どうやっても消せない事実。
「俺は誰よりも芽依のことが大事だったよ」
　……過去形で話すのは、わざとだ。
　今でも好きだと言えば、芽依を困らせることに気付いたから。
　彼女の心に俺はいない。
　はっきりとわかったから。
「誰よりも好きだったからこそ、あんなふうにしかできなかった」
　そんなのただの言い訳だ。
　でも、わかって欲しい。
　子どもだったんだ、どうしようもないガキだったんだ。
　どう思ったってかまわないから、俺の話を聞いてほしい。
「芽依……いじめられてたんでしょ？」
　芽依の肩が揺れた。
　視線を向ければ今度は彼女がそらした。
「いじめられてたってほどじゃないけど……」
　曖昧な返しが、芽依らしいなと思う。
　優しい、優しすぎた。

俺に言わなかったもその優しさのせいだろう。
　これは俺の憶測にすぎないけど、芽依は俺に責任や負い目を感じさせたくなかったんだ。
　俺を、困らせたくなかったんだと思う。
　だから、近野に『あんたのファンがひがんで、芽依がハブられてる』ってことを聞かされても、芽依に何も言えなかったんだ。
　確かめることすらできなかった。
　何も知らないフリをすることが彼女のためだと思った。
「芽依をいじめてる奴らから『芽依と別れなきゃ、男に頼んで襲ってやる』なんて、物騒なことを言われるなんて考えてもなかったから」
　なんなんだろうね。
　俺のこと好きなら、好きなのに手に入らないのが憎いなら、俺をいじめればいいのに。
「……え」
「芽依が傷つく理由なんて、どこにもなかったのにね」
「待って、空！」
　そらされたはずの視線は気付けば真っ直ぐに俺に向けられていた。
　目を見開いて、隠しきれない動揺に彼女は震えていた。
「誰かに芽依が傷つけられるくらいなら、俺が傷つけようと思った」
　誰ももう彼女を傷つけられないように。
　知らない誰かがこのきれいな瞳を汚すなら、この笑顔を

奪うなら、彼女を壊すならいっそ俺がそうしようって、思ったんだ。
「ゆがんでるでしょ、俺」
「なんで教えてくれなかったの……!?　知ってたら……私、私っ」
「黙ってたのは、お互い様でしょ？」
　俺の言葉を聞いて、言葉を詰まらせる芽依。
　それに……芽依だったら、わかるでしょ？
「あの時は、守りたくてもずっと芽依のそばにはいられないから、俺がいない時に襲われちゃったら、どうしようもないって思ってた。……だから、芽依のためにも俺は離れた方がいいと思ったんだ」
　雲ひとつない夏空を仰ぐ。
　今日とはちがう、冬の空の下、芽依は何時間俺を待ち続けて、身体を、心を、震わせていたんだろう。
　そんなことを思うとさ……。
　俺、今さらだけど思うんだ、芽依。
「あの時の俺は色々あって、いっぱいいっぱいだったから思いつかなかっただけで、芽依を守る方法なんていくらでもあったのかもしれないね」
　寂しさを紛らわせたくて、適当な女と街に繰り出して……。
　だけど芽依が気になって仕方がなくて、あの日、俺は芽依がそこにいてほしい気持ちと、そこにいないでほしい気持ちの、ふたつの矛盾した想いを抱えて駅へ行ったんだ。
「大切な人をわざと傷つけるって難しいんだね。雪の中、

俺を待ち続けてた芽依を見て、どうしたらいいかわからなくなったよ」
「……わからなくなったって言うわりに、あの日の空はひどすぎたよ……」
「傷つけるなら、俺が」なんて思ってたくせに、度合いがわからなかった。
　何を言えばいいのかが……。
　わからないまま放った言葉は、ひどく彼女を傷つけた。
　彼女をトラウマにさせるほどに。
　心を閉ざし、男が嫌いになるほどに。
「ごめんね……。芽依」
「苦しめて、ごめん。悲しませて、ごめん。守ってやるどころか守ろうともせず、ごめん。辛い思いばっかりさせて……ごめん」
　最低男として君を苦しめ続けて、ごめん。
　今日は嫌なこと思い出させて、ごめん。
「何もしてあげられなくて……ごめん。でも、大好きだったよ」
　バカでどうしようもない奴で、ごめん。
　もしかしたら俺にこんなこと言う資格なんてないのかもしれない。
　だけど……これだけは言わせて。
「芽依、幸せになれ」
　世界で一番、幸せになれ。

歩きだす強さ

「誰よりも幸せになれ」
　中学の頃のことを淡々と話し、私に謝った後、空はそう言った。
　もう見ることはないと思っていた、優しい笑顔で。
　……だけど、私は空が言ったことを簡単に受けとめられずにいた。
　無理に決まってるでしょ。
「私は……一体」
「芽依？」
「……なんのために空を憎んでたの？」
　声が震える。たぶんこれは罪悪感のせい。
　無理……無理だよ。
「受けとめられないよ……っ」
　私はどれくらい空を苦しめてたんだろう。
　……なんで、気付けなかったんだろう。
　どうしようもなくなって、手で顔を覆う。
　空は、どんな思いで私を傷つけたの？
　……どうして私なんかの幸せを、そんなふうに願えるの？
　離れようとしたのも、傷つけようとしたのも、私のため。
　なのに、私は空のことを最低だって憎んで、嫌いになろうと必死で生きていた。
　……こんなことになるなら、出会わなければよかった。

何度そう思っただろう。
　空がどんな人間か知っていたはずなのに。
　本当に最低だったのは、私だ。
「私、空に申し訳なくて……。どうしたらいいかがわかんない。ごめんね、空」
　彼女だったのに、なんにも気付いてあげられなくて。
「だったらさ、お詫びにまた彼女になってよ」
「……な、なな何言ってるの……！」
　突然の告白に、覆っていた手を退けて空を見る。
　だけど、空の顔は冗談にしては、真剣すぎた。
　真っ直ぐな瞳が、私の好きだった空を思い出させる。
　……だけど、頭に浮かんだのは持田。
　空は好きだった、今になって嫌う理由がなかったことも知った。
　申し訳ないって思ってる。
　……それでも、それでも。
　辛い時。苦しい時。悲しい時。
　嬉しい時。楽しい時。幸せな時。
　今、私がそばにいてほしいのは持田だ。
「あのね……」
「うーそ」
「う……そ？」
「うん、嘘だよ」
　悪びれもせずニコリとそんなことを言ってみせた空。
「なな、何でそんな嘘！　私、結構真剣に考えちゃったじゃ

ん!」
　驚いた勢いそのままに空に詰め寄る。
　すると空は、そんな私を見てちょっとだけ頬を緩めて笑う。
　いやいや、笑い事じゃなくて!
「……それでいい」
「え……?」
「芽依は罪悪感なんて抱かず、そうやって無邪気でいればいい。……それが俺の願いだから」
　芽依が幸せだったら、俺も幸せだ。
　そう言うと空は私の頭に手を置き、笑った。
　……どこか、寂しそうに。
「空が幸せだったら、私も幸せ。そんなカッコいいこと、私は言えない。でも……空には幸せでいてほしい」
　私がそう言うと、空は一瞬驚いたような顔をした。
　だけど、すぐに笑顔になった。
　この笑顔がずっと見たくて、欲しくて。
　焦がれて、想い続けた。
　……やっぱり、空はきれいだ。
　きれいすぎて、まぶしくて、あの頃の私にはあなたがよく見えてなかったのかもしれないね。悲しいけど。
「……空、ありがとう」
　ずっと言えなかったし、言うことなんてないと思った。
　……だけど、今なら言える。
　いや、言わなきゃいけない。
「あんなこともあったな、っていつか笑える日が来ると思

うんだ」
　空は悪くないってわかっても、空のことを思い出すと、しばらくは胸が痛むと思う。
　あの時に傷ついた心と、押し寄せる罪悪感に。
「だけど、前に進まなきゃね」
　強くならなきゃ。
　乗り越えなきゃ。
　……だって私が幸せでいれば、空は幸せなんでしょ？
「俺は大丈夫だから、心配しないで。だから芽依は迷わず、進んで」
「……空もね」
「うん、了解」
　本当にこれでいいのかなんてわからない。
　空を傷つけたのに、苦しめたのに。
　たったこれだけで、過去のことにしてしまっていいのかな。
　正解なんてわからないや。
　……でも、そんなのきっと誰にもわからないんだよね。
　罪悪感なんて抱くなって空は言うけど、ダメだよそれじゃ。
　そんなに私に対して優しくしなくたっていいんだよ。
　乗り越えることは忘れることじゃない。
　すべてを背負って、それでも歩き続けること。
　私は空からもらった幸せも痛みも、全部背負って生きていく。
　それが私にできることだから。
　……ねえ、空。

もし、また偶然に街中や海で会っても、今度はお互いに笑えるよね。
　「久しぶりだね、元気だった？」って、言えるよね。
　たとえ友達にはなれなくたって、これはきっと永遠の別れなんかじゃない。
　ただ、お互いに、お互いの道を歩き始めるだけ。
「バイバイ、芽依」
「じゃあね、空……」
　私たちは大きな一歩を踏み出したんだ。

伝えたいこと

「芽依、ごめんなさい！」
　翌日、学校に着くと下駄箱に千春が立っていて、私を見るなり全力で頭を下げて謝ってきた。
　それはもう、腰を痛めそうなほどの勢いで。
「千春も辛かったよね」
　私がそう言うと、今度は全力で顔を横に振った。
「……ねえ、千春。ありがとね」
「……芽依」
　ずっと、そばにいてくれて。
　慰めてくれて、空と私の両方の思いを知りながら、辛かったよね。苦しかったよね。
　ごめんね、本当にありがとう。
「もう芽依、大好きー！」
　そう言って、千春は抱きついてきた。
　登校してきた生徒たちが何事かと、こちらを見ている。
　……うん、目立ちまくりだね。
　でも、今日くらいいっか。
「私も千春のこと大好きだよ」
　世界で一番大好きな女の子。
　私のたったひとりの大切な、親友。
　かわいくて、優しくて、強くて、たくましい。
　私の自慢の親友。

「なんか……久しぶりだね」
　教室に向かう途中、いや、教室はすぐそこで目に見えている。
　そんな私の行く手を阻む壁……じゃなくて持田。
　毎日当たり前のように行われていたやりとり。
　でもどこか久しぶりで、なんだか懐かしく感じた。
「おはよ、芽依ちゃん」
　まだ見慣れない黒髪の持田が、私を見て笑った。
「私、先に教室に行ってるね」
　そんな当たり前だった光景を横目に千春が教室へと先に向かう。
　私の横を通るとき、そっと小さな声で「がんばれ」ってつぶやいて。
　千春には敵わないな。
　……いつから、私の気持ちに気付いてたのかな。
「ねえ、持田」
「ん」
「……屋上でも行かない？」
　約束した、伝えたいこと。
　今から伝えてもいいですか？
　ねえ、空。
　前に進むっていう約束を守るために、あなたとの日々を、痛みを背負って歩いていくために、今の私にはこの人が必要なの。
「うん、わかった」

空なら……わかってくれるよね。
「なんか、屋上も久々に感じるね」
「……そう、だな」
　どれだけ明るく話しかけても、持田はいまいち反応が薄い。
　伝えたいことは、私が「私にとっては悪いこと」なんて言ったから、持田は不安なんだよね。
「話って……何？」
　何を言われるのかって、怯えているのかな。
　……悪いことしちゃったな。
　でも今から伝える言葉で、どうか持田が笑ってくれますように。
「持田のこと、つきまとってくるうっとうしい奴だって、ずっと思ってたの」
　朝も、移動教室も、昼休みもずっとついてくるし。
　席だって隣だし。
　なんなのこの人って、本当に思ってた。
「……迷惑だったよな」
　持田が寂しそうに笑う。
　そしてそのまま、フェンスに寄りかかり、うつむいた。
「うん、迷惑だった」
「ははっ、芽依ちゃん相変わらず正直だな」
　そう。持田には正直になれた。
　だってあなたには強がりなんて通用しなかったから。
　私はいつも私でいられた。
　思ったことを素直に言えた。

持田には、言えたんだ。
「持田の前では、私は私でいられた」
「芽依ちゃん……？」
　持田が顔を上げる。
　揺れる瞳はどこか期待を含んでいて、私はそんな彼に微笑んだ。
「辛い時、悲しい時、何度も持田に救われた。いつも真っ直ぐに私を想ってくれてた……。でも私はそんな持田から逃げ続けた」
　きっと、持田を傷つけた。
　それでもいつもそばにいてくれて。
　何もなかったかのように笑ってくれた。
　その優しさが、たまらなく嬉しかった。
「私ね、やっとわかったんだ」
　傷ついた過去があるから、痛みを知ってるから、私に対して過保護すぎるほど優しくできる。
　とても強くて、優しい人。
「……持田が好きだよ」
　風が吹く。
　持田の髪が揺れて、瞳が見開かれる。
　人生初の告白に、少しだけ声が震えた。
　好きって口にするの、こんなに緊張するんだ。
　心臓がドキドキなんてかわいいものじゃなくて、バクバクと音をたてる。
　持田は何も言わない。

数回まばたきをして、私を見つめる。
「だから、私——」
「わわわ、わかった！　頼むからちょっと黙れ!!」
　気持ちを伝えたものの、何も言わない持田に不安になって口を開くと、全力で遮られた。
「……ちょっ、黙れって何よ!?」
　人が告白してるのに、黙れって……もっと言い方ってものがあるんじゃないの!?
　緊張してたはずなのに、急に怒りが込み上げてきて、詰め寄る。
　告白したはずなのに、なんなんだこの状況は。
　一発かましてやろうと思って、持田の顔を見上げる。
「あのねぇ——」
「マジ、ふざけんなよ……っ」
　その瞬間、右腕を強く引かれた。
「わ……っ」
　背中にまわされた腕。
　肩に置かれた頭。
　すぐ近くで感じる、持田の匂い。
　突然抱きしめられて、一気に体温が上昇する。
「……本当に、好き？」
　耳元から聞こえる声に、心拍数が上がって、胸が苦しい。
　……でも、嫌じゃなくて。むしろ幸せだとさえ思ってしまう。
「うん……好き」

伝えた二度目の好きはさっきより小さな声だったのに、なんだか真っ直ぐ持田に伝わった気がした。
「苦しいよ、持田…」
「……ごめん。けど我慢して」
　持田が私を抱きしめる腕にさらに力を込めたから、伝わったのがわかったの。
「──俺も、芽依ちゃんが好きだよ」
　持田は、私を強く抱きしめたまま、私の耳元でそっと愛をささやいた。
　嬉しそうな、でも泣きそうにも聞こえる声。
　顔は見えないけど、きっと優しい顔をしてるんだと思う。
「誰よりも、芽依ちゃんが好きだよ」

「授業、始まるよ……？」
　さっきの告白から数分。
　持田はいつまでたっても私を離さない。
　そのせいか、なんだか冷静になってきた。
　……季節は夏。
　場所は屋上。
　何分も抱き合ってるのは、想像以上に暑い。
　なんとか腕の中から脱出しようと思って口にした言葉。
　少しトーンを落として言ったからか、持田はゆっくりと私から離れた。
　……あきらかに不機嫌そうだけど。
　そんな持田に何も言わずに背を向けて、私は歩き始める。

ちょっとした意地悪。
「え、芽依ちゃん怒った!?」
　　すると案の定、私を追う焦った声が聞こえてきた。
　　想定内すぎて、ちょっと笑える。
　　おもしろいから、もうちょっと続けてみよ。
「ごめん！　放課後、芽依ちゃんの好きなモンブランもプリンもエクレアも奢るから！」
　　……よく知ってるな、私の好きなもの。
「一緒に帰らない」
「なら、家に届ける！」
　　そう来たか……ん？
　　あれ……あれれ？
「なんで家知ってるの!?　意味わかんない、怖！　さすがストーカー！」
　　海に行った時、駅で会ったのは偶然なんかじゃないと確信した。
「後、私の何を知ってるのよ……」
　　聞きたくないけど、好奇心が勝ってしまい、そんなことを聞いてみる。
「好きな映画でしょー、誕生日、血液型に……」
　　んー、と唸りながら次々とあげていく持田。
　　もちろん、どれも私から教えた覚えはない。
　　……さすがつきまとってただけある。
　　恐るべし、ストーカー。
　　なんかもう、抜かりがない。

普通に怖いんだけど。
　でも……。
「私だけにしてよ」
　そんなふうにつきまとって、真っ直ぐに想うのは私だけにしてね。
　たったひと言で意味がわかったのか、
「あったりまえ。俺、超一途だから」
　すごく嬉しそうな声が後ろから聞こえてきた。
　君のいきすぎた行動も、私への真っ直ぐな恋心からくるものだというのなら、かまわない。
　それが君の愛し方なんでしょ？
　愛されるのは、悪くない。
　迷惑だったストーカーくんは、一途に真っ直ぐ想い続けた結果、私の心を奪っていった。
　今日から、持田は私の彼氏。
　人生何が起きるか本当にわからない。
　ただ、これから先嬉しい時も悲しい時も、いつも持田がそばにいてくれたら、私はそれだけできっと幸せなんだ。
　……ねえ、持田。
　私から離れないでね、離さないでね。
「好きだよ、持田」
「何なんだよ、この悪魔……っ。俺をどうしたいんだよ!!」

【END】

番外編

幸せな時間

 好きな人がいて、そばで笑ってくれる。
 たったそれだけで、何気ないものもキラキラ輝いて見える。
 忘れかけていた幸せを思い出させてくれたのは、他の誰でもない持田。
 最初はありえないと思っていた持田と付き合い始めて、もうすぐ１ヶ月が経とうとしていた。
「めーいちゃん」
 朝、登校して教室に向かう途中、後ろから私を呼ぶ声が聞こえて、ふり返ろうとした瞬間、ギュッと抱きしめられた。
「おはよ、会いたかった」
 突然の重みに前に転びそうになりながらも、なんとか耐える。
 左肩に顔が置かれ、少しだけ横を向くと、笑顔の持田が見えた。
 昨日会ったばかりなのに、会いたかったなんて言う持田はどうかしてると思う。
 けど、それにキュンとしてしまう私は、もっとどうかしてる。
「おはよう、持田」
 とりあえず、挨拶だけは返しておく。
 ドキドキしてるってバレたくなくて、冷静を装う。

……ほんとは、これっぽちも余裕なんてない。
　すると、ぎゅううううっと私を抱きしめる腕に、さらに力が込められる。
　持田の甘い匂いが強くなって、心拍数が上がる。
　同時に、自分の顔が赤く染まるのがわかって、この顔をどうやって隠そうかなんて思っていたら……思い出した。
　……ここ、学校じゃん！
　まわりに目を向ければ、通りすぎる生徒はみんなチラチラ見ている。
　ただ、後ろから抱きしめてるのが持田なので、あまりジッと見る勇気はないらしく、足早に教室へ向かっていく。
「ちょっ、持田……！」
「んー？」
「んー、じゃなくて！　ここ学校なんだから離れてよ、恥ずかしいじゃん!!」
　どうにかして持田から逃れようと、バタバタと動いてみるけど、ぜんぜん意味がない。
「焦ってる、超かわいい〜」
　離すどころか、楽しそうな声が聞こえる。
　いや、私の反応を見ながら絶対に楽しんでる。
「……殴るよ？　持田」
「えっと、彼氏でも……？」
　声のトーンを低くして、そう警告すればさっきの楽しそうな声から一転、焦る持田の声が聞こえた。
「当たり前」

彼氏を殴っちゃいけないっていう法律があるわけでもないのに、何言ってるの。
　容赦しないよ？
「わかったよ、離れればいいんだろ」
　いまいち納得してないみたいだけど、やっと身体は離された。
　いまだにドキドキする胸に手を当てながら、持田に目を向けず、そのまま教室へと向かおうとしたら、
「……でもさ、さっき学校なんだからって言ったよな？」
　そんな私を引きとめるようにつぶやかれた意地悪な声に、思わず足をとめた。
　私の知ってる持田は、ちょっとナヨナヨした話し方をしていて、こんなふうに私に話しかけたりしなかった。
　でも、それは男嫌いだった私が、少しでも警戒心を抱かないようにと、彼が作り上げたキャラだったらしい。
　だから、これからはそのままの俺で行くって言われたんだけど……。
　それがどうしても別人みたいに思えて、慣れない。
　嫌なんじゃない。むしろ、逆。
　低くて甘い声のせいで、何気ない言葉にまでドキドキして、心臓に悪い。
「別の場所だったら、いいってこと？」
　自分が言った言葉に、今さら後悔する。
　バカなくせに、こういうことはしっかり聞いて覚えてるから、不思議だ。

「さあ、どうなんだろうね？」
　そういうことじゃないって否定すれば、嘘になる。
　けど、そうだと認めるなんて恥ずかしくてできるわけがない。
　だから否定も肯定もしないのが、私の精一杯。
　かわいくないかもしれないけど、これで限界なの。
　だって、これを言うだけでも緊張しちゃうんだもん。
　だから、そういうことをサラッと言えてしまう持田が不思議で仕方がない。
　私には一生かかっても無理だと思うから。
「ま、いっか。芽依ちゃんが素直じゃないのは今に始まったことじゃないし？」
　そう言うと持田は私の横に立って、ポンポンと頭を撫でて、ひとりで教室へと向かった。
　……何、今の。
「急に撫でるとか、反則だし、バーカ」
　撫でられた頭に手を当て、そっとつぶやく。
　付き合う前は、私が持田をふりまわしてたつもりなのに、立場が逆転してる気がする。
　私ばっかりドキドキしてる気がして、ズルい……。

「は、意味わかんねーよ」
　あきらかに不機嫌そうその声は、盛り上がろうとしていた教室を一瞬で静かにさせた。
　それを発したのは、私の隣の席の持田で。

「……やめてよ、持田」
　呆れたようにそう言えば、不満そうな瞳と目が合った。
　理由なんてわかってる。
　いや、先生を含めたクラス全員がわかってると思う。
　6時間目、教室に入ってきた担任の第一声が『今から、席替えをする』だったから。
　今、私と持田は隣の席だから、離れる可能性の方が高い席替えなんてしたくないんだ。
　だから、持田は駄々をこねる。
　ケンカ腰の口調だけど、言ってることはただの子ども。
「俺は絶対にしねぇから。やるなら、お前らだけで勝手にすれば？」
　吐き捨てるようにそう言って、机に突っ伏してしまった。
　たしかに私も持田と近くの席がいい。
　けど、そんな自分勝手が許されるわけがない。
　だって、このクラス内で付き合っている人たちが、みんな隣同士の席なわけじゃない。
　仲のいい人と近いわけじゃない。
　それなのに、自分勝手な考えだけで人に迷惑をかけるのは好きじゃないし、理解できない。
「えっと……じゃあ」
「言ったな？　なら、持田はするなよ。お前以外の人だけでやるから」
　困った担任が何か言おうとしたのを遮ったのは、市原くん。
　持田の態度にイラついたんだろう、その声は冷たい。

最近さらに仲よくなってきたかなと思ってたのに、これじゃ逆戻りだ。
　でも仕方がないよね、確実に持田が悪いし。
「そうだね、持田はしないって言ったもんね」
　持田を反省させるために、私も市原くんの案に乗る。
　甘やかすのが彼女の役目じゃない。
　まちがってることをまちがってるってちゃんと言えないような関係じゃ、ダメだと思う。
　そんな生温い関係なんて、私はいらない。
　すると慌てたように持田が顔を上げ、私を見る。
　まるで、予想外の展開だと言わんばかりに。
「ね、持田はしないんだもんね」
　まさか、彼女の私がそう言うとはクラスメートも思ってなかったみたいで、みんな目を丸くしてる。
　ただ、市原くんと千春は手で顔を覆いながら笑っている。
　きっと、こんな持田なんて、なかなか見れないから楽しいんだと思う。
「……し、しねぇって言っただろ！」
　静かな教室に響いた強がり。
　この言葉を数分後には後悔してることなんて、この教室にいる誰もがわかっていた。
　きっと、本人もわかってたはずだけど、今さら引き下がれなかったんだ。
　人のこと素直じゃないなんて言っておいて、自分だって十分素直じゃないと思うんだけどな。

ふて腐れる持田を横目で見ながら、そんなことを思った。

「意味わかんねぇ。ほんと無理、ヤダ」
　放課後の教室、子どものようにそればっかり繰り返すのは持田。
　みんな部活に行くか、帰ってしまって、教室には私と持田だけ。
　ほんとは私だって帰りたいんだけど、持田はずっとこの調子で帰ろうとする気配がない。
　いつもと同じ席で、遠くなった私の席を見ながらふて腐れている。
　自分で席替えはしないと言ったくせに、結果が気に入らないらしい。
　でも、それは私と席が離れたことだけが原因じゃなくて。
　私の前は市原くん、隣は千春。
　自分は仲間外れにされたみたいで寂しいんだ。
　あきらめて席替えに参加すればよかったのに。
　いつまでも無駄な意地を張ってるから、こうなるんだよ。
　自業自得だよ、ほんと。
「もうさ、帰ろうよ持田」
　ため息交じりにそう言うと、手招きをされた。
　鞄は机に置いたまま、仕方がなく持田へと近付く。
「何、どうしたの？」
「俺、不機嫌なの」
　突然、甘えたような声になった持田に嫌な予感がした。

「だ、だから…?」
「ご機嫌とってよ、芽依ちゃん」
　さっきまですねていたのは誰だと突っ込みたくなるほど、満面の笑みを浮かべる持田。
　こういう顔の時、彼はろくなことを言わない。
「……海」
「え?」
「今から、俺のこと持田って呼ぶの禁止。海って呼んで」
　何を思ったのか、急にそんなことを言いだした持田。
「は、なんで……!?」
「だって、付き合ってるのに名字で呼ばれるなんて寂しいじゃん。ほら、呼んでみて」
　机にふせたまま私を見上げる持田はすごく楽しそう。
「別に呼び方なんてなんでもいいじゃん……!!」
　……海。心の中で一度つぶやいてみるけど、絶対に無理!
　心の中でさえ恥ずかしかったのに、口に出すなんてありえない。
「えー、呼んでよ」
「ヤダ」
「……呼べないの?」
　まるで挑発するような言葉。
　座っていた持田が立ち上がり、私を見下ろす。
「もしかして、恥ずかしいの?」
「そんなわけないじゃん」
「じゃあ呼んでよ」

……逃げられない。
　こうなったら私が名前で呼ぶまで帰れないかもしれない。
　名前を呼ぶだけ、簡単なことじゃん。
　そうだよ、呼べば帰れるんだよ。
　だけど……。
「持田は何でそんなに名前の呼び方にこだわるの……？」
「はい、持田って呼んだ。罰ゲームね、芽依ちゃん」
　罰ゲーム、その言葉に顔をしかめる。
　そんな話、聞いてない……！
　てか、今の持田のどこが不機嫌なの、生き生きしてるじゃん。
　ご機嫌取りならもう終わりだよっ!!
「何にしよっかなー。あ、じゃあ芽依ちゃん」
「……何」
「んっ」
　そう言うと、急に両手を広げた持田。
　どういう意味？　というように首をかしげれば、
「芽依ちゃんから、俺に抱きついて」
　と、楽しそうに持田は言った。
　……まず、彼氏に抱きつくっていう行為が罰ゲームなのかな。
　感覚がずれているところが持田らしい。
　でも、たしかにいつも抱きしめてくれるのは持田で、私からしたことはない。
　ううん、それだけじゃなくても私から何かしようとした

ことがないのかもしれない。
　……彼女なのに、彼女らしいことをしてあげたことも、しようとしたことすらない。
　でもそれは、ただ恥ずかしいからで。
　持田が嫌とかそういうことじゃない。
　でも、だから。
　それをわかってくれてる持田は、こうやって自分から求めてくれてるのかな？
　だったら、私も何か返さなきゃ……。
　思ってるだけじゃわからないって、言葉にすることで初めて伝わることがあるって、持田に出会えてわかったから。
　一歩、持田に近付いて、そっと背中に手をまわす。
　だけど、そこからをどうしたらいいかわからなくて、とりあえず持田の胸に顔を埋めて、何か喋ってくれるのを待つ。
「なんでコレは断らないんだよ……っ」
　困惑した声が降ってきたかと思うと、力一杯抱きしめ返された。
「意味わかんない。海って呼ぶのは嫌なのに抱きつくのは平気とか。基準教えてよ、芽依ちゃん」
「別に基準とか、ない。ただ私がしたいって思ったからしただけだもん……」
　少しずつ速くなる鼓動が心地いい。
　持田に抱きしめられると、その温もりに、鼻孔をくすぐる甘い匂いに、その力強さに、安心する。
　愛されてるって、伝わってくる。

口には出さないけど、離さないでって思ってしまう。
　　静かな、ふたりきりの教室。
　　……このまま時が止まればいいのに。
「だから、突然デレるのやめてって言ってんじゃん」
　　やめて、なんて言うくせにずいぶんと嬉しそうな声がする。
「好きだよ、芽依ちゃん。バカみたいに芽依ちゃんが好き」
　　いつだって、真っ直ぐ想いを伝えてくれる持田。
　　そのストレートな言葉がとても好きで、幸せ。
　　だから、私も同じ分だけ返さなきゃ。
　　ううん、たくさん助けてもらって支えてもらったんだから、何倍にもして返さなきゃ。
「何があっても離さないし、ずっとそばにいるから」
「……私も好きだよ。大好き」
　　うまく伝えられなくてごめんね？
　　でも、想ってることが少しでも伝えられればいい。
　　そう思って背中にまわした腕に力を込めた。
「会えてよかったって心から思ってるし、私もそばにいたいって思ってるよ」
　　どんな言葉も持田なら叶えてくれる気がする。
　　信じられなくなった永遠も、持田となら信じてもいいかなって思える。
　　だって、もう一度私に好きっていう気持ちを思い出させてくれた人だから。
「今日、どうしたの。……もうさ、呼び方なんてどうでもいいや。すでに幸せすぎて死にそうだもん」

「大好きなのに、死なれたら困るんですけど」
「お願いだから、もうデレるのやめて……」
　どんどん小さくなっていく持田の声。
　自分から求めておいて、突然デレたら困るらしい。
　そんな持田がかわいくて、思わず笑みがこぼれる。
「何笑ってんだよ」
　甘えたり、とがったり。
　話す度に変わる話し方に、動揺してるのが丸わかり。
　どんな持田も好きだからいいんだけどね。
「んー、好きだなぁって思っただけ」
「あーもうマジでやめて!!」
　恥ずかしいけど、素直になるのも悪くないかもしれない。
　伝えたら、その分愛が返ってきて、こんな持田も見られるんだから。
　あったかくて、幸せで。
　ずっとイチャイチャしてるのはあまり好きじゃないけど、たまには、こういうのもいいと思えた。
　それはもちろん、相手が持田だから。
「もうさ、帰ろ！」
　私が帰ろうと言っても聞く耳を持たなかったくせに、突然そんなことを言いだす。
　そうやって私の体を離そうとしたから、少し反抗してみる。
「……もうちょっとだけ」
「待って、無理。そろそろ本気で死ぬから、俺」
「……私が生きてるのに？」

一度素直になると楽だ。
　きっと明日にはいつもの私に戻るんだろうけど、今日なら、今なら、なんでも言える気がする。
　少し意地悪なことを言うと。
「……やっぱ撤回、死なない。最愛の人、誰にも渡したくないし」
　甘い言葉が返ってきたのと同時に温もりも戻ってきた。
　……最愛の人。
　素敵で、慣れない響きが、なんだかくすぐったい。
　愛されたら、その分返したくなる。
　私もちゃんと想ってるんだよって伝えたくなる。
「……好きだよ、海」
「……え？」
「よし、帰ろっか持田」
「いや、ちょっと待って！」
　腕から抜け出して、鞄を取りに席まで戻る。
　そんな私を慌てて持田が追いかけてくる。
「何、どうしたの」
「今、海って…」
「気のせいじゃない？」
　持田を見ずにそう言って、鞄を持ち、廊下へと出る。
　夕日に照らされる廊下なら、赤く染まった顔が隠せると思ったから。
　平気なふりして言ったけど、心臓はバクバク。
「置いて帰んないでよ」

追いついた持田がすねたように言う。
「おっしゃ、帰ろう！」
　何に気合を入れたのかはわからないけど、そう言って持田は私の右手を握った。
　持田に出会えて、世界は変わった。
　苦しい思いもたくさんしたけど、強くなれた。
　まわりの人の大切さに改めて気付けた。
　感謝したって、しきれない。
　だから、そばにいるね。隣でずっと想い続けるね。
　すぐには私の想いが全部伝わらなくても、いつか伝わればいいよね。
　だって、ずっとそばにいてくれるんでしょ？
　握られた手をギュッと握り返すと、持田は私を見て幸せそうに笑った。

「……好きだよ、芽依ちゃん」
「私もだよ、海」

あとがき

　初めまして、藤井みことです。
　この度はたくさんの書籍の中から「迷惑なイケメンに好かれました。」を手に取ってくださり、本当にありがとうございます。

　私にとって初めての書籍化で、最初お話をいただいた時は夢なんじゃないかと本気で思いました。
　この作品は、普段は読むのも書くのも切ないものが多い私が、野いちごらしい王道ものを書きたいと思って、初めて挑戦したジャンルのものでした。
　楽しく書けたらいいなと思い、最初は空との過去以外の細かな設定は何も決めずに書き始めました。
　途中話が進まなくなり、更新をあきらめようとも思ったこともありましたが、読者さんのコメントに励まされ、なんとか完結できた私の中でとても印象深い作品です。
　なので、こうやって書籍として形に残せてとても幸せです。

　本当は真っ直ぐで、純粋な芽依。でも、そんな彼女だからこそ空との別れがとても深い傷になりました。
　どんなことだって乗り越えるのは、とても難しいと思います。
　生きていたら、芽依のようにひとりじゃ乗り越えられな

い壁だってあると思います。
　でも、壁にぶつかるのは一生懸命生きてる証。
　苦しい時は誰かに頼っていいと思います。
　持田や千春、市原のように一緒に乗り越えてくれる人がきっとそばにいるはずです。
　今は苦しくても、きっとその経験は将来の宝物になると、私は信じてます。

　本編では書けなかった、ふたりのカップルらしいエピソードを番外編として書かせていただきました。
　かっこよくいたいのに、デレた芽依の破壊力に悶える持田。それを楽しむ芽依。
　なんともふたりらしくて、書いていてとても楽しかったです。

　今回、初めての書籍化で、わからないことだらけの私を支えてくださった、担当の飯野さんをはじめとするスターツ出版のみなさま。温かいコメントやレビューで書籍化へと導いてくれた読者のみなさま。そして、今この本を読んでくださってる、あなた。本当に本当にありがとうございます！

　私がいただいた幸せ以上の幸せが、この本に関わってくださったすべての大切な人たちへ訪れますように……。
　　　　　　　　　　　　2015.4.25　藤井みこと

この物語はフィクションです。
実在の人物、団体等とは一切関係がありません。

藤井みこと先生への
ファンレターのあて先

〒104-0031
東京都中央区京橋1-3-1
八重洲口大栄ビル7F
スターツ出版（株）書籍編集部 気付
藤井みこと先生

KEITAI SHOUSETSU BUNKO SINCE 2009

野いちご

迷惑なイケメンに好かれました。

2015年4月25日 初版第1刷発行

著　者	藤井みこと
	©Mikoto Fujii 2015
発 行 人	松島滋
デザイン	黒門ビリー&大江陽子（フラミンゴスタジオ）
D T P	株式会社エストール
編　集	飯野理美
発 行 所	スターツ出版株式会社
	〒104-0031 東京都中央区京橋1-3-1　八重洲口大栄ビル7F
	TEL 販売部03-6202-0386（ご注文等に関するお問い合わせ）
	http://starts-pub.jp/
印 刷 所	共同印刷株式会社

Printed in Japan

乱丁・落丁などの不良品はお取替えいたします。上記販売部までお問い合わせください。
本書を無断で複写することは、著作権法により禁じられています。
定価はカバーに記載されています。

ISBN 978-4-88381-962-1　C0193

ケータイ小説文庫　2015年4月発売

『やばい、可愛すぎ。』ちせ・著

男性恐怖性なゆりは、母親と弟の三人暮らし。そこに学校1のモテ男、皐月が居候としてやってきた！　不器用だけど本当は優しくけなげなゆりに惹かれる皐月。一方ゆりは、苦手ながらも皐月の寂しそうな様子が気になる。ゆりと同じクラスの水瀬が、委員会を口実にゆりに近付いてきて…。

ISBN978-4-88381-960-7
定価：本体580円＋税

ピンクレーベル

『冷たいキミが好きって言わない理由。』天瀬ふゆ・著

李和は高校入試の日、電車で痴漢から助けて貰った男の子にひとめぼれ。入学式に再会した李和は、三ツ木に告白するが冷たくフラれてしまう。あきらめられないある日、三ツ木がデートをOKしてくれる。デートの時はすごく優しい彼に違和感を感じる李和。そんな三ツ木くんには秘密があって…。

ISBN978-4-88381-961-4
定価：本体580円＋税

ピンクレーベル

『キミのイタズラに涙する。』cheeery・著

高1の沙良は、イタズラ好きなイケメン・隆平に出会う。優しいイタズラばかり仕掛ける隆平に惹かれ、思い切って告白した沙良だったが、返事を保留にしたまま隆平は病魔におかされる。彼が最後に残したイタズラとは？　第9回日本ケータイ小説大賞・優秀賞＆TSUTAYA賞受賞！　大号泣の感動作。

ISBN978-4-88381-963-8
定価：本体560円＋税

ブルーレーベル

『恋色ダイヤモンド』ゆいっと・著

野球部のマネージャーになった高1の瑠依は、幼なじみでずっと好きだった佑真と学校で再会する。エース・佑真のおかげで野球部は甲子園へ行けるようになり、瑠依に襲い掛かってくるような出来事がきっかけで、瑠依と佑真、そして野球部の関係が少しずつバラバラになり…。ラストは感動の涙！

381-959-1
＋税

ブルーレーベル

書店店頭にこ　　　　の本がない場合は、
書店にてご　　　文いただけます。